작고

슬퍼서

아름다운

것들

작고 슬퍼서 아름다운 것들

초판 1쇄 인쇄 2022년 1월 19일
초판 1쇄 발행 2022년 1월 26일

지 은 이 고향갑
펴 낸 이 정해종
편   집 현종희
디 자 인 유혜현

펴낸곳 ㈜파람북
출판등록 2018년 4월 30일 제2018-000126호
주소 서울특별시 마포구 토정로 222 한국출판콘텐츠센터 303호
전자우편 info@parambook.co.kr **인스타그램** @param.book
페이스북 www.facebook.com/parambook
네이버 포스트 m.post.naver.com/parambook
대표전화 (편집) 02-2038-2633 (마케팅) 070-4353-0561

ISBN 979-11-92265-00-1   03810
책값은 뒤표지에 있습니다.

작고 슬퍼서
아름다운 것들

고향갑 산문

한 글자로 시작된 사유, 서정, 문장

파람북

한 글자에 대하여

무모한 결정이었습니다. 어쩌자고 그런 마음을 먹었을까요. '한 글자'에 담긴 이야기를 쓰기 시작한 것 말입니다. 처음 글을 쓰기 시작했던 과거의 내게 물어도 고개만 주억거릴 뿐입니다. 주민등록에 기록된 생년월일이거나, 천 년을 살다 죽은 나무의 나이테처럼, '보편'이라는 동그라미 밖에 존재하는 '개별'인 줄 알았습니다. 〈쉰들러 리스트〉라는 흑백영화에서, 빨간 외투를 입고 흑백 스크린을 관통하는 소녀의 걸음걸이처럼 말입니다.

스티븐 스필버그가 그랬던 것처럼 분리하면 된다고 생각했을까요. 다시 생각해도 뼈아픈 착각이었습니다. '한 글자'는 개별의 찻잔에 담긴 '한 글자'이기에 앞서, 보편의 찻주전자에서 우러나는 '한 글자'였습니다. '나'인 동시에 '너'였고, '너'를 포함한 '우리'였습니다. '숨'이든 '틈'이든 '별'이든 무엇이든, 제목에 박힌 '한 글자'를 넘어 제목 바깥의 '수만 글자'와 함께 사는 '한 글자'였습니다. 그런 점에서, 여기 적힌 글들 또한 온전히 내 것이라 할 수 없습니다.

　돌이켜보면, 바깥의 이야기를 원고지 안으로 불러들이는 일부터 쉽지 않았습니다. 신문에 연재하는 칼럼이 대부분이라 길게 쓸 수도 없었습니다. 정해진 원고지 매수에 한 글자씩 이야기를 채워 넣는 일은 더디고 숨이 찼습니다. 속으로 깊이 영글지 못한 탓에 쉬 말을 뱉지 못하고 더듬거렸습니다. 마감에 쫓기며 간신히 한 꼭지를 쓰고 나면, 손가락 끝으로 온몸의 진이 빠져나가곤 하였습니다. 얕고 서툰 자가 감내해야 할 엄혹한 현실이었습니다.

　헤아려보니 예순아홉 꼭지의 이야기입니다. 사건과 배경이 어떠하든 주인공은 늘 당신입니다. 문장에 등장하는 주인이 나였어도 달라질 건 없습니다. 나라는 주어를 빌려 썼을 뿐, 흑백 원고지를 관통하는 빨간 외투의 소녀는 당신입니다. 내 글의 주인공은 늘 당신입니다. 그대이고 귀하이고 연인이고 이웃이고 동료입니다. 아들이자 딸이고 아내이자 남편입니다. 내 글 속의 당신은, 밤새워 이력서를 쓰는 절박함이고 우는 아기에게 젖을 물리는 애틋함입니다.

그늘진 땅에 피어난 꽃,
그 꽃을 닮은 당신에게 이 책을 바칩니다.

2022년 1월
고향갑 쓰다

차 례

3장 그늘에 핀 꽃

4장 어두움 너머

1장

글이 고이는 샘

둘

당신이 계신 곳은 어떠십니까. 제가 머무는 산기슭에는 비가 내립니다. 빗소리는 그윽합니다. 라디오 볼륨을 높여도 빗소리는 멀어지지 않습니다. 음악과 빗소리는 서로를 밀어내지 않고 안과 밖에서 차분합니다. 아침상을 물리고 길을 나섭니다. 우산으로 비를 가리며 산길을 걷습니다. 가려지는 것보다 가려지지 않는 것들이 많습니다. 생각해 보면 늘 그랬습니다. 가리고 싶어도 끝내 가릴 수 없는 것들, 아랫배에 그어진 수술 자국 같은 것들, 지금은 잊어버리고 없는 흑백 사진 속 아버지의 눈물 같은 것들, 빗길을 걸어 숲에 들면 가려질 수 있을까요.

잣나무 숲길을 걷습니다. 우산으로 비를 가리며 걷습니다. 여전히 가려지는 것보다 가려지지 않는 것들이 많습니다. 숲길을 따라 양치식물이 군락을 이뤘습니다. 군데군데 산딸기가 익어갑니다. 숲에서 익어가는 산딸기는 달콤쌉싸름합니다. 세상살이의 맛도 이러할까요. 어쩌면 나무木가 숲林을 이루는 것도 그래서일지 모릅니다. 당신 생각은 어떠십니까. 저는 '삼림'森林이라는 단어를 볼 때마다 '살림'이 떠오릅니다. 살림살이는 죽임이 아니라 살림입니다. 살림살이는 혼자가 아니라 함께입니다. 생명 가득한 삼림처럼, 우리네 세상살이도 그랬으면 좋겠습니다.

어제는 '일순이'와 함께 숲길을 걸었습니다. 일순이는 이웃집에서 키우는 강아지입니다. '키운다'라고 해서 도시에서 키우는 강아지로 생각하면 곤란합니다. 사료 대신 밥을 먹는 일순이는 목줄에 묶인 적이 없습니다. 똥도 오줌도 가리지 않고 아무 데나 쌉니다. 제가 사는 집 마당도 예외는 아닙니다. 그러든 말든 일순이가 예쁜 것은 '개냥이' 때문입니다. 개냥이는 일순이와 함께 자란 고양이인데 새끼를 낳다 죽었습니다. 그러자, 한 번도 새끼를 밴 적 없는 일순이의 젖이 불었습니다. 그리곤 죽은 개냥이를 대신해서 새끼 고양이들에게 젖을 물렸습니다.

당신은 어떠십니까. 일순이 닮은 강아지와 함께 늙어가고 싶지 않으십니까. 시골살이 두 달 만에 저는 배운 게 참 많습니다. 하나 같은 둘도 그렇습니다. 찬찬히 둘러보면 둘이 모여서 전혀 다른 하나가 되는 게 있습니다. 일순이와 개냥이가 종족의 틀을 깨고 가족이 된 것처럼 말입니다. 숲林을 이룬 나무木들도 그러하겠지요. 사람이라고 해서 크게 다르진 않을 겁니다. '좋음'이란, 전혀 다른 사람 둘好이 만나면서 시작되는 것이니까요. 그리 어우러져 사는 것을 '호시절'이라고 한다지요. 좋음을 넘어, 옳고 마땅하고 아름다운 그런 세상살이 말입니다.

　　당신이 계신 곳은 어떠십니까. 제가 머무는 산기슭에는 비가 내립니다. 빗소리는 그윽합니다. 라디오 볼륨을 높여도 빗소리는 멀어지지 않습니다. 음악과 빗소리는 서로를 밀어내지 않고 안과 밖에서 차분합니다. 수평으로 눕는 음악 틈으로 수직으로 비가 파고듭니다. 수평과 수직이 만나는 지점이 당신과 제가 머무는 세상입니다. 하나와 둘을 애써 가를 필요는 없습니다. 둘이 모여 하나를 품고, 품은 하나 속에 둘이 있습니다.

옆

발견, 이라고 생각했었답니다. 애써 찾으려고 하지 않아도 되는 것이었어요. 발견, 그것 말입니다. 수직으로 선 능선이 수평으로 나아가고 있었어요. 눈 덮인 겨울산 하나가 옆으로 서서 강물에 떠내려가는 것처럼 말이지요. 그래요. 당신의 옆모습을 먼저 보게 된 것은 참으로 다행한 일인 것 같아요. 강물을 따라 흘러가야 할 능선이 정면으로 밀려왔다면, 틀림없이 저는 고개를 돌리고 말았을 겁니다. 정면은 차마 감당해낼 수 있는 각도가 아니니까요.

당신의 눈길은 흘러가는 강물의 끄트머리를 향해 있었지요. 저는 흘러가는 대로 당신의 눈길이 못 박혀 있기를 바랐답니다. 어쩌면 간절한 바람이었는지도 모르겠어요. 흘러가는 방향을 따라 한없이 떠내려가는 눈길이라야 비로소, 당신의 옆모습에 제 눈길을 붙잡아 둘 수 있으니까요. 그렇다고 조바심이 없었던 건 아니었어요. 이마에서 흘러내린 능선이 코와 입을 거치며 당신의 옆모습을 완성시킬 때, 옆모습에서 제외된 문 하나가 저를 향해 열려있었으니까요.

어떻게 생각하세요. 정면이 눈을 위한 각도라면 측면은 귀를 위한 각도일까요. 저는 당신의 측면을 바라보면서 정면으로 열린 귀에 들키지 않으려 애썼어요. 어쩌면, 숨을 죽이면 된다고 판단했는지도 몰라요. 물론 섣부른 판단이었지요. 죽이려고 하면 할수록 살아 꿈틀거리는 것이 숨이란 걸 그때는 몰랐으니까요. 그럴 때마다 제가 할 수 있는 일이라곤 한 걸음씩 뒤로 물러나는 것밖에 없었답니다. 몇 걸음을 물러나도 당신의 옆모습은 거기 그대로니까요.

발견, 이라고 생각했어요. 지금 생각해도 변함이 없어요. 수직으로 선 능선이 수평으로 나아가고 있는 것 같았으니까요. 아찔한 눈길이 강물 되어 흘러가고 있었지요. 그것뿐이에요. 당신의 옆모습에서 눈 덮인 겨울산 하나를 발견한 것 말이에요. 이마에서 시작해 코와 입을 거쳐 목으로 흘러내리는 그 능선 말이지요. 어땠을까요. 옆이 아니라 앞모습을 먼저 보았다면, 그때 발견한 산에도 눈이 덮여 있었을까요. 참으로 다행한 일이 아닐 수 없어요. 겨울산 아닌 산은 차마 감당해낼 수 없으니까요.

저는, 당신의 겨울산에 고정되어 있어요.

곡 哭

고라니가 웁니다. 산 너머로 지는 해를 따라서 웁니다. 노을빛으로 산마루가 빨갛게 젖을 때, 고라니는 참았던 울음을 터뜨립니다. 꾹꾹 눌러 참아서일까요. 고라니 울음은 저무는 햇살을 닮았습니다. 문득, 저무는 것들은 저물 수 있어서 모두 아름답습니다. 아름다워서 이내 저물지 못하고 코끝에 걸려 시큰거립니다. 아직 해는 산을 떠나지 않았습니다.

고라니가 웁니다. 산에 기대 사는 것들이 고라니를 따라서 웁니다. 어떤 울음은 풀잎처럼 흐느적거리고 어떤 울음은 나뭇가지처럼 낭창거립니다. 흐느적거리고 낭창거리는 울음들이 한데 뒤엉키며 산비탈을 따라 곤두박질합니다. 울음은 같은 울음이지만 산에서 우는 모든 울음은 각자의 자리에서 독립적입니다. 기다리지 못한 달이 고개를 듭니다.

저수지가 웁니다. 물에 가려진 것들이 따라서 웁니다. 울음은 얼어붙은 저수지 안에 가득합니다. 설움 때문이겠지요. 울음을 따라 균열이 얼음을 가릅니다. 갈라진 얼음 위로 지는 해가 피를 토합니다. 얼음 위로 뿌려진 노을은 갈라진 얼음만큼이나 서럽습니다. 노을이 서러워, 갈라짐이 서러워, 또 그렇게 저수지는 웁니다.

저수지가 웁니다. 물에 기대 사는 것들이 따라서 웁니다. 울음은 저수지를 덮은 얼음 밑에서 선명합니다. 선명한 울음은 균열을 따라 솟구쳤다가 노을빛에 놀라 잦아듭니다. 잦아든 울음 위로 어둠이 눕습니다. 저수지가 울음을 삼킵니다. 울음은 얼음과 어둠 밑으로 무겁게 가라앉습니다. 저수지는 바닥에 얼굴을 묻고 속으로 웁니다.

하늘이 웁니다. 우는 하늘을 따라 비가 내립니다. 비는 낮과 밤을 가리지 않습니다. 겨울산에 뿌려진 비는 골을 타고 미끄러지다 마른 논으로 흘러듭니다. 북녘땅에서 날아온 오리 한 쌍이

물웅덩이에 날개를 접습니다. 지친 날개 위로 빗방울이 점점이 박힙니다. 날개에 박힌 빗방울을 또 다른 빗방울이 밀어냅니다. 밀려난 빗방울이 깃털을 따라 추락합니다.

하늘이 웁니다. 우는 하늘을 따라 빗줄기가 흐드러집니다. 비는 단숨에 쏟아지지 않습니다. 흩어진 빗물 위로 새로운 빗방울이 자국을 남깁니다. 구름마다 품고 있는 비가 다르고 바람마다 묻어오는 비가 다릅니다. 비는 같은 비인데 떨어질 때마다 울림이 다릅니다. 빗방울에서 시작한 울림은 추락으로 끝이 납니다. 추락하는 것은 빗방울이지만 젖는 것은 겨울입니다.

온 溫

오늘도 학교 앞 사거리는 막혔어요. 차도 사람도 나아가지 못해요. 횡단보도는 건너려는 사람들의 출발 대기선이에요. 이상한 일이지요. 왜 지나간다고 하지 않고 건넌다고 할까요. 횡단보도 말이에요. 이쪽과 저쪽 세상을 이어주는 다리 같아서일까요. 아니면 사람과 도시를 묶어주는 매듭 같아서일까요. 당신은 어디세요. 저는 출발을 기다리며 멈춤 앞에 있어요.

신호등은 여전히 빨간불이에요. 겨울 햇살에 기울어진 빌딩 그림자가 도로를 반쯤 삼켰어요. 도로에 그려진 중앙선은 음지와 양지를 가르는 기준선 같아요. 횡단보도 건너편에는 따뜻한 바람이 불고 있을까요. 마스크를 콧등에 걸친 아이가 '바보'라고 말해요. 녹색신호등을 파란불이라고 말하는 어른들에게 하는 소리예요. 맞아요. 저는 바보가 틀림없어요.

당신은 낙서하는 걸 좋아했어요. 책상 모서리에 '바보'라고 썼던 것도 기억나요. 가느다란 머리핀이었던가요. 조각을 하듯이 핀으로 긁어 당신의 책상에 글자를 새겼어요. 그때 새긴 글씨는 지워지고 없겠지만 걱정할 필요는 없어요. 그때나 지금이나 세상은 낙서로 가득하니까요. 아, 그리고 이건 비밀인데요. 아직도 저는 바보와 멍청이의 경계에서 셋방을 살아요.

그런 점에서는 그때나 지금이나 여전한 셈이지요. 기억나세요. 당신과 제가 교실에서 쫓겨나 철길을 배회하던 그 날 말이에요. 초등학교 졸업을 앞둔 마지막 학기였을 걸요. 육성회비가 밀렸다는 게 쫓겨남의 이유였어요. 책가방도 없이 쫓겨났던가요. 철길을 따라 걸으며 하염없이 시간을 흘려보내야 했어요. 비를 피할 겨를도 없어서 흠뻑 젖으면서도 깔깔 웃었지요.

대각선 방향의 횡단보도가 열렸어요. 치과와 사진관 앞에 서 있던 사람들이 횡단보도를 교차하며 상대편 건물을 향해 걸어요. 아기를 등에 업은 할머니가 제 옆에 와서 멈췄어요. 포대기에 업힌 아기는 오랜만에 봐요. 백일도 되지 않은 갓난아기예요. 아기는 포대기 속에서 잠이 들었어요. 꿈에서 젖이라도 빨고 있을까요. 입술을 오물거릴 때마다 볼이 씰룩거려요.

아기가 빨고 있는 것은 젖이 아니라 온도예요. 포대기는 젖병인 셈이지요. 아기는 지금 할머니가 나눠주는 삼십육 점 오 도의 체온을 먹고 있어요. 사랑을 나누기에 이보다 어울리는 온도가 또 있을까요. 사랑의 온도는 더하거나 뺄 수 없어요. 각기 다른 두 개의 삼십육 점 오 도가 합해져도 여전히 삼십육 점 오 도니까요. 그런 점에서 사랑의 온도는 체온과 일치해요.

당신은 어디에 계세요. 어느 강 언저리에서 무슨 색깔의 신호를 기다리고 계신가요. 어디를 향해 흘러가는지 알 길이 없어서 저는 감히 편지를 쓸 수 없어요. 글쎄요. 더 이상 편지에 우표를 붙이지 않는 순간부터 그랬을까요. 길에 서 있어도 길의 끝이 가늠되지 않아요. 도대체 당신은 어느 길가에 머물고 계신 걸까요. 이 겨울, 저는 응달에 서서 양달을 보고 있어요.

눈 雪

진눈깨비다. 차고 시리고 비린 것들이 골목을 따라 흐른다. 기울기 직전의 하루가 바람을 따라 펄럭인다. 보일러 연통이 가쁘게 숨을 뱉는다. 뱉어낸 입김들이 건물 옆구리를 타고 흐르다 골목과 합류한다. 코트 깃을 세운 아낙이 종량제봉투를 들고 깡총 걸음을 한다. 옹크린 발가락이 슬리퍼 틈에서 부산하다. 시린 발걸음에도 진눈깨비는 멈추지 않는다.

진눈깨비다. 아이를 목마 태운 사내가 골목길을 오른다. 목마탄 아이의 두 팔이 진눈깨비를 휘젓는다. 늙은 몸뚱이에 어린 머리를 붙인 사람 하나가 길의 끝을 향해 나아가는 것 같다. 골목 끄트머리에 도달하면 더 이상 올라야 할 길은 없는 걸까. 오르는 발걸음은 무거운데 목마 탄 아이의 손길은 가뿐하다. 아이의 주먹질에도 진눈깨비는 꿈쩍없다.

진눈깨비다. 높든 낮든 가리지 않는다. 달리는 것의 이마와 멈춘 것의 발등에도 진눈깨비 세상이다. 길과 사람 사이, 신호와 방향의 모임과 흩어짐에도 어김없다. 가로와 세로, 수직과 수평의 신호등이 각각의 높이에서 점멸한다. 달리고, 멈추고, 돌아가는 것들의 뒤통수에 파랗고 빨갛고 노란 색깔의 불빛이 번진다. 일렁이는 색깔에도 진눈깨비는 물들지 않는다.

고이다 못해, 차고 넘친 것들이 세상을 향해 쏟아진다. 아, 진눈깨비다.

눈雪

재가 되어 가시더니
눈이 되어 오시는가
素服
素服

하얀 고무신 걸음으로

울 아부지 오시는가

_ 고향갑

글

뒷산에 올랐다가 소낙비를 만났습니다. 피할 길이 없어서 나무 그늘에 섰습니다. 피한다고 피할 수 있는 빗줄기가 아닙니다. 겨울산이 가만히 허리를 수그립니다. 산허리를 돌아 빗소리가 흘러갑니다. 흘러가는 것들의 속울음을 빗소리가 덮습니다. 빗소리에 덮이지 않는 것은 겨울산 어디에도 없습니다. 빗방울을 머금은 가랑잎 위에서 짧아진 오후가 흔들립니다. 흔들리는 것들에게는 묘한 매력이 있습니다. 수줍어 말 더듬는 총각 같기도 하고, 토라져 돌아앉은 처녀 같기도 합니다. 총각 같은 산에 올랐다가 처녀 같은 비를 만났습니다.

살다 보면 피할 수 없는 것들이 참 많습니다. 피할 수 없는 것

들은 왜 기척도 없이 찾아오는 걸까요. 그래서 '피할 수 없는 것'
이겠지요. 운명론자는 아니지만, 나는 사람의 힘으로는 어찌할
수 없는 불가항력이 있다고 생각합니다. 만남도 그렇고 헤어짐
도 그렇습니다. 만나자고 해서 만나고 헤어지자고 해서 헤어질
수 없습니다. 산다는 것도 마찬가지입니다. 의지와는 상관없이
만났다가 헤어집니다. 내일과 만나고 어제와 작별합니다. 일에
게로 다가갔다가 꿈으로부터 멀어집니다. 현실과 악수하고 돌아
서면 사랑은 떠나고 없습니다.

　부질없음의 범위를 '글'이나 '책'으로 좁혀도 달라질 건 없습
니다. 2018년 한해에만 1억 173만 7천 권의 책이 세상에 나왔다
가 사라졌습니다. 1억, 173만, 7천. 숫자를 찬찬히 따라 읽다 보면
나도 모르게 맥이 빠지고 맙니다. 저리도 숱하게 쏟아지는 글과
책의 홍수 속에서 나는 어느 지점을 표류하고 있을까요. 좌표조차
불분명한 문자의 미로 속에서 그나마 용기를 주는 건 닮고 싶은
사람들입니다. 나는, 닮고 싶은 사람들의 글과 책에서 힘을 얻습니
다. 글과 책에 담긴 문장과 생각에서 나아갈 방향을 찾습니다.

　닮고 싶음은, 내게 없는 무언가를 내 안으로 옮기고픈 바람
입니다. 하지만 바람은 가능보다 불가능의 손을 들어주기 일쑤

여서, 닮고 싶음이 닮음이 될 확률은 희박합니다. 옮길 수 없는 것을 애써 옮겨보려는 안쓰러움 같다고나 할까요. 그렇습니다. 밀란 쿤데라를 닮고 싶지만, 여전히 닮지 못한 나의 글은 어찌나 안쓰러운지요. 쿤데라 말고도 나는 닮고 싶은 사람이 많습니다. 생텍쥐페리, 니코스 카잔차키스, 조지 오웰, 체 게바라, 미하엘 엔데, 오쿠다 히데오, 홍명희, 이청준, 신영복이 그들입니다.

문제는, 닮고 싶음이든 닮음이든 그것이 밥을 해결해주지 못한다는 것입니다. 아무리 닮고 또 닮아도 내가 톨스토이가 될 순 없습니다. 셰익스피어가 될 수도 없습니다. 장르와 상관없이 글이 곧 일인 대부분의 사람들 역시 마찬가지일 겁니다. 피할 수 없는 절박한 상황 앞에서 글은 속수무책입니다. 글은 글이고 밥은 밥일 뿐입니다. 자본이 주인인 세상에서 넘어진 하루를 일으켜 세우는 건 글이 아니고 돈입니다. 그럼에도 밥을 뒤로하고 글을 향해 나아가는 것은, 글이 밥일 수 있다는 희망 때문입니다.

뒷산에 올랐다가 소낙비를 만났습니다. 피할 길이 없어서 나무 그늘에 섰습니다.

봄

봄은, 죽은 것 속에서 다시 살아난다. 닫힌 껍질을 열고 속살을 뻗어 새 눈을 뜬다. 얼어붙은 골목길 깨진 보도블록 틈에도, 헌옷수거함 아래 널브러진 양말 밑에도, 봄은 온다. 오는 봄을 막을 수 있는 철조망은 어디에도 없다. 죽은 겨울의 허물을 벗고 여린 속살의 봄이 온다. 물러나는 계절의 틈에 기대지 않고 봄은 거침없이 한달음에 온다. 오는 봄은 망설임이 없어서, 오기로 한 약조를 어긴 적이 없다. 그래서 봄은, 기다리는 것들을 실망시키지 않는다.

봄은, 어김없이 온다. 오는 봄을 볼 수 있는 눈이 우리에게 없을 뿐이다. 잠들었던 뿌리가 눈을 뜨고, 감았던 씨눈이 실금처럼 벌어지는 것을, 듣고 화답할 수 있는 귀가 우리에게는 없다. 없는 눈과 귀와 가슴으로, 만지고 그리고 노래하는 것은 허망하다. 중절모 하나를 그려놓고 코끼리를 삼킨 보아뱀이라고 어린왕자에게 일러주는 꼴이랄까. 봄은, 코끼리를 삼킨 보아뱀 배 속에 있지 않고 어린왕자가 사는 작은 별의 분화구에 있다는 걸 왜 자꾸 까먹는 걸까.

봄은, 보는 것이다. 살아나는 것들이 눈을 열어 처음 보는 것이 봄이다. 아니, 살아나는 것들의 눈을 처음으로 바라보는 것 또한 봄이다. 그래서 봄은, 보는 것이기도 하고 보여주는 것이기도 하다. 보든 보여주든 눈을 열어 난생처음 보는 것이라서, 보고도 본 것이 무언지 꿈결처럼 아득한 게 봄이다. 아득한 숨결 같은 봄이라서, 호흡기로 연명하는 환자의 맥박에 잡히고, 잠에 취한 노숙자의 굽은 등에 눌리고, 새벽을 열어내는 환경미화원의 빗자루에 쓸린다.

봄은, 그런 것이다. 눈에도 카메라에도 캔버스에도 오선지에도 담을 수 없다. 억지로 담아서 보여주는 것은 봄을 감싸고 있는 껍질이기 십상이다. 막 태어난 갓난아기에게 봄이라는 이름을 지어준다고 아기가 봄이 될 순 없다. 봄이라는 이름의 아기와 별개로 봄은 엄연하다. 그렇다고 아기가 봄이 아니라는 것은 아

니다. 새롭게 살아나는 모든 것들의 씨눈이 봄의 영역이어서, 갓
난아기의 첫울음 속에도 어김없이 봄은 있다. 그럴 때의 봄은 울
음 속에 깃든다.

봄은, 흔들림으로 온다. 흔듦 자체가 봄은 아니지만 흔듦으로
봄이 눈을 뜨는 건 맞다. 번데기를 뚫고 나와 날개를 말리는 나
비처럼, 봄의 시작 또한 우리가 감지할 수 없는 미세한 흔들림으
로 시작된다. 저기, 봄바람에 아른거리는 솜털 보송한 것들의 기
지개를 보아라. 씨눈을 뜨고 손가락 내미는 이제 막 살아난 것들
의 손가락 끝을 보아라. 뜨지도 못한 눈을 보아라. 살아나 꿈틀
거리는 것들을 젖 먹이려는, 산과 들과 강과 바다의 젖몸살을 보
아라.

저기, 봄이 우리를 보고 서 있다.
순한 눈망울이다.

똥

흡연실이 있는 카페를 찾으려 역 주변을 거닐었습니다. 삼층에 있어서, 이름이 '삼층카페'인 곳을 찾았습니다. 엘리베이터가 없고 삼층까지 오르는 계단은 낡았습니다. 계단이 끝나는 지점에 화장실이 있는데, 문에 '흡연 금지, 흡연실은 카페 안에 있습니다'라는 글귀가 붙었습니다. 카페 안에 흡연실이 있다면, 삼층 계단을 오르는 수고쯤 아무것도 아닙니다.

커피를 주문하고 창가에 붙은 테이블을 골라 앉았습니다. 손님 대부분은 대학생 같아 보입니다. 노트북을 펼친 두 테이블과 그림 조각을 맞추는 연인이 한 테이블, 수다와 박장대소로 시끌벅적한 테이블이 또 하나 있습니다. '존나'와 '씨발'이 수다와 웃음 속에서 무한 반복됩니다. 글로 써놓으면 상스러운데, 그들이 주고받는 말 속에서는 정겹다는 게 신기합니다.

스피커에선 모르는 노래가 재생됩니다. 가수 역시 모르겠습니다. 한 곡이 끝나고 새로운 곡이 재생되어도 마찬가지입니다. 모름. 모름이 늙음인 것 같아 씁쓸합니다. 노트북을 꺼내 인터넷을 뒤적입니다. 소설가 김훈의 신작 산문집 광고가 눈길을 끕니다. 숱하게 고르고 잘라냈을 그의 문장들을 생각하니 숨이 턱 막힙니다.

'카톡'은 조밀하고 '페북'은 질펀합니다. 사람들은 각자의 색깔을 좇아 가상공간을 열고 닫습니다. 열린 공간 어느 틈에서, 문학이라는 것과 문학 하는 사람들의 사명감에 대해 누군가 목소리를 높입니다. 문학 하는 사람들의 사명감과 시대의식이라? 맞는 말 같지만 틀렸습니다. 사명감과 시대의식은 문학 하는 사람들만의 것이 아닙니다. 문학 하는 사람들만의 것으로 전락한다면 그야말로 큰일입니다.

사명감과 시대의식은, 올곧은 가치관과 세계관은, 문학 하는 사람을 포함한 모든 인간의 것이라야 온당합니다. 이 시대를 살아가는 인간이라면 누구나 견지해야 할 것이지 특정 범주의 인간을 위한 필요충분조건이 아닙니다. 문학 하는 사람이 어쩌고 저쩌고하는 소리는, 문학을 꽤나 고상한 무언가로 격상시키려는 것 같아 불편합니다.

문학은, 거창하거나 어렵거나 숭고하거나 거룩한 그 무엇이 아닙니다. 문학을 한다는 것 역시 그렇습니다. 거창하거나 어렵거나 숭고하거나 거룩한 직책 혹은 직업의 사람들만 하는 게 아닙니다. 굳이 그런 조건이나 명함이 없어도 누구나 문학을 할 수 있습니다. 조건이나 명함을 필요로 하는 것이 문학이라면 그것은 문학이 아닙니다. 그렇지 않습니까.

문학은 문학일 뿐입니다. 그늘진 세상을 살아내기 위한 몸부림이거나, 자신 안의 것을 밖으로 드러내는 구체적 행위일 따름입니다. 문학은 손으로 써내는 가슴 속 언어입니다. 어깨나 이마에 붙이기 위한 계급장이 아닙니다. 문학文學을 자꾸 크고 거창한 학문學文으로 격상시키지 말았으면 좋겠습니다. 학문으로 격상시키는 순간, 문학은 '항문'이 되고 '똥'이 됩니다.

산

삼월을 맞은 산방山房에서, 봄은 낮과 밤의 경계 앞에 무색합니다. 낮은 봄이지만 밤은 아직 겨울이어서, 산은 겨울과 봄이 대치하는 휴전선 어디쯤 같습니다. 어느 역사드라마의 배경도 그랬었지요. 낮에는 토벌군이 밤에는 빨치산이 점령하는 주인 없는 산처럼 말입니다.

밤이 찾아오면, 삼월의 산은 온전히 봄의 것이 아니어서 보일러를 돌려 구들장을 데웁니다. 한참을 그렇게 돌려야 식어버린 방안에 봄의 체온이 돌아옵니다. 물오리며 풀벌레도 제 스스로 감내하는 삼월 산의 밤을, 사람이라는 것이 살아내지 못하고 불의 체온에 기댑니다.

삼월의 산에서, 사람은 사람이라는 허울 앞에 스스로 무색합니다. 산이지만, 입고 벗는 것이 허물을 벗는 것처럼 고단합니다. 천장에 못을 치고 철사를 감아 횃대를 매답니다. 철사에 매달린 막대가 허락하는 무게는, 못이 박힌 얇은 천장의 두께와 일치합니다. 허락받은 두께와 무게만큼 막대 위에 옷가지를 내다 겁니다.

막대에 걸린 옷가지에도 봄과 겨울이 공존합니다. 봄은 가볍고 겨울은 포근합니다. 윗옷은 옷걸이에 걸고 바지는 막대에 걸칩니다. 반듯한 윗옷과 접힌 바지가 문득 눈에 밟힙니다. 허리는 반듯하게 세우더라도 무릎은 낮추라는 것만 같습니다. 창문 틈으로 파고드는 바람에 옷가지가 흔들립니다. 아직 밤이지만, 멀지 않은 곳에 봄이 있습니다.

산

견디려는 것들이 머물고
버티려는 것들이 오르는
저기 산이 있다

알지 않는가
누를수록 솟구치는 게 산이라는 것을

못할 일을 어찌하려 애쓰진 말자

저기 섬이 있고
여기 산이 있을 뿐이다

_ 고향갑

미 ^美

요시모토 나라^{Yoshitomo Nara}
의 작품 〈Smoking Girl〉이다. 페이스북 친구의 포스팅에서 처음 본 순간, 나는 그녀의 매력에 무릎 꿇고 말았다. 매력의 핵심은 그녀의 이마다. 넓고 둥글어서 자칫 밋밋해 보일 수도 있는 이마야말로 절제와 여백의 절정이다. 과감히 밀어버린 눈썹과 이마 끝까지 끄집어 올려 짧게 자른 앞머리 사이에서, 그녀의 이마는 섬처럼 고독하다.

고독한 섬을 고독하지 않게 하는 것은 그녀의 눈이다. 그녀의 눈은 처절하게 순수하다. 자연 그대로의 눈에서는 칼을 댄 흔적을 찾아볼 수 없다. 그래서일까. 그녀의 커다랗고 둥근 눈을 보고 있자면 나도 모르게 웅덩이 같다는 생각이 든다. 흐르던 빗물이 낮은 곳으로 흐르다 고인 어느 들녘의 웅덩이 말이다.

바로 거기에 그녀의 감춰진 매력이 있다. 연못이기를 거부하고 결단코 웅덩이고자 하는 결기라고나 할까. 웅덩이는 연못이기를 거부한다. 거부함의 대상은 여럿이지만, 하나를 꼽으라면 단연 포석정鮑石亭이다. 포석정은 속되고 삿되었다. 팔자 좋은 사람들의 발치에 술잔이나 실어 나르는 짓을 웅덩이는 하지 않는다. 연못이 사는 순종의 방식을 웅덩이는 거절한다.

코와 입은 말해 또 무엇 하겠는가. 귀는 감춰져 보이지 않고, 입과 코는 고유의 기능 바깥의 것들을 거부한다. 그런 점에서 콧등과 입술조차 그녀에겐 사치품이다. 마늘쫑 같은 두 개의 콧구멍과 일직선의 입 하나면 그걸로 족하다. 허영과 격식을 철저하게 생략한 그녀의 얼굴을 보고 있자면, 아름답다는 생각이 뭉클 솟구친다.

아름다움에 반한 나는, 그녀의 초상화 〈Smoking Girl〉을 책상 앞에 크게 붙였다. 붙여놓고 보니 그녀가 뱉는 담배 연기가 꼭 만화 속 말풍선 같다. 말풍선을 달고 있는 그녀는 금방이라도 무슨 말을 할 것만 같다. 아니나 다를까, 저녁을 먹고 무심코 바라본 순간 그녀가 툭 말을 던진다. 일말의 표정 변화도 없이 내

뱉는 그녀의 말은 그녀를 닮아 간결하다.

　- 예쁜 여자, 처음 봐?

　허튼짓 말고 하던 일이나 하라는 말씀이다. 이럴 땐 순순히 말을 듣는 게 신상에 이롭다는 것을 모시고 사는 여성을 통해 이미 배웠다. 슬그머니 눈을 돌렸다. 그러자 피식 웃는 소리와 함께 중얼거리는 그녀의 혼잣말이 들려 왔다. 혼잣말 또한 형식이나 포장에 구애받지 않는 자연의 소리, 그 자체였다.

　- 짜식, 보는 눈은 있어가지고.

론^論

논박이 많을수록 좋은 작품이
다. 얼치기지만, 이것이 예술작품에 대한 내 평가 기준 가운데
하나다. 갑론^{甲論}이든, 을박^{乙駁}이든, 세상으로부터 주목을 받았
다면 그 자체로 훌륭하다. 작품을 세상으로 떠나보낸 작가에게
논박은 곤혹인 동시에 축복이다. 누군가의 작품이 장마전선처럼
세상을 동서 혹은 남북으로 가로지르며 논쟁의 중심일 때, 그 중
심을 향해 비평 아닌 비평을 쏟아내며 스스로 위안을 구해야 하
는 곤혹스러운 작가들이 어디 한둘이겠는가.

영화 〈기생충〉 또한 그렇다. 쏟아지는 논박을 보니, 보지 않
았어도 '좋은 작품'이겠구나 싶다. 논쟁은 늘 있고, 논쟁을 주고
받기는 쉽지만, 논쟁의 중심에 서기란 쉽지 않다. 일부 정치인을

제외하고, 반도 남녘에서 논쟁의 중심이 되는 것은 쉬운 일이 아니다. 하물며, 먹을 수도 없거니와, 먹어도 배부르지 않은 예술작품으로 논쟁의 중심을 넘보려 함은 과한 욕심이다. 그 과한 욕심을 욕심 아닌 것으로 현실화시킨 것이 봉준호 감독의 〈기생충〉이 아니겠는가.

논박만큼, 온라인에 떠다니는 평들 또한 다채롭다. 그중 몇 가지를 고르자면 '불편함'과 '냄새'와 '계층' 혹은 '계급'이다. 나열된 글자만 놓고 보면 제각각이지만, 곰곰이 생각하면 이들은 '집'이라는 상징으로 묶여있다. 지하와 반지하 그리고 그 위쪽 세상에 비로소 모습을 드러내는 바로 그 집이라는 상징 말이다. 물론 봉준호 감독이 그리고자 했을 상징으로서의 집은 '부동산'으로서의 집이기보다 사람 개개인이 꿈꾸는 '세상'으로서의 집일 것이다.

인류로 뭉뚱그린 사람이 아니라 개별적으로 존재하는 사람, 그 각자의 세상은 천차만별이다. 천차만별의 세상을 사는 별개의 사람들이 살아가는 집 또한 그렇다. 우리는 저마다의 집에서 살지만, 살고 있는 집과는 별개의 집을 가슴 속에 한두 개씩 품고 살아간다. 영화를 보면서 불편함을 느꼈다면, 지금 우리가 살고 있는 집이기보다 가슴에 품고 있는 집 때문이 아닐까. 꼭꼭 감춰두었던 자신만의 집이 온 세상에 까발려진 것 같은 그런 불편함 말이다.

아든 어든, 갑이든 을이든, 관객 모두에게 별개의 불편함을 던졌다면, 그 자체로 봉준호 감독의 작품은 가치가 있다. 실컷 웃다가 상영관을 나왔지만, 집으로 돌아가는 내내 아무런 감흥도 떠오르지 않는 영화와는 비교 대상일 수 없다. 그런 점에서 나는 못내 궁금하다. 이후 내가 이 영화를 보고 난 다음에 느낄 불편함은 무얼까. 내 가슴 속에 꼭꼭 숨겨두었을 집과 영화를 통해 드러날 불편함의 충돌지점은 어느 계단쯤일까.

어느새 유월이 왔다. 유월의 초입에서 봄을 찾는 것은 욕심이겠지. 병원을 찾아야 했던 게 벌써 보름 전이다. 조금만 아파도 '혹시 암 아닐까'부터 떠올리는 겁쟁이 아비를 다독이는 건 늘 딸아이다. 이번에도 어김없이 딸아이에게 체포되어 병원에 끌려갔다. 보답으로 병원 앞 카페에서 커피와 케이크 한 조각을 함께 나눠 먹었다. 딸아이는 끊임없이 무언가를 재잘거리며, 사진을 찍고 음악을 듣고 화들짝 웃었다. 계절과 상관없이, 녀석의 앞날이 늘 봄이기를 소망한다.

절

절에 방을 얻어 들어온 것은 지난주 토요일이다. 다음날 해 질 무렵 낯선 사내가 옆방에 짐을 풀었다. 주식을 공부한다고 했 다. 내미는 손을, 글을 쓴다며 마주 잡았다. 그에게나 나에게나 생소한 만남이었다. 그는 공양(식사)을 하는 동안에도 핸드폰 화 면에서 눈을 떼지 않았다. 그래프와 수치의 조합으로 보아 주가 의 등락을 분석하는 모양이었다. 묻진 않았지만 날마다 주식을 거래하는 눈치였다. 장이 마감되는 저녁 시간이면 사내는 법당 에 들어가 절을 했다.

'사찰을 왜 절이라고 하였을까?' 날마다 108배拜를 하는 사 내를 보며 생각했다. 그렇게 닷새가 지났다. 열심히 절을 하는 사내만큼이나 나 또한 간절한 시간이었다. 스토리를 끌고 나갈 인물이 좀체 그려지지 않았다. 멀리 길을 잡아 걸어도 머릿속은 체한 듯 갑갑했다. 절하는 사내와 걷는 사내의 기묘한 동거는 그렇게 시작되었다. 먼저 별거를 선언한 쪽은 절하는 사내였다. 그는 월요일 아침에 오겠다며 짐을 싸서 떠났다. 금요일 저녁 공양을 마친 다음이었다. 토요일과 일요일에는 장이 서지 않는다며 'RANGE ROVER'를 몰고 사라졌다.

산속에 세워두기엔 아까운 차임에 틀림없었다. 그럼에도 사내의 갑작스런 떠남은 충격이었다. 멀어져 가는 영국산 지프를 바라보자니 허전함이 밀려들었다. 낙엽을 짓이기며 내달리는 사륜구동 바퀴에는 가을의 낭만이 없었다. 체한 듯 낯설고 당혹스러웠다. 사내가 떠나고 이틀이 지나자 최초의 충격에 새로운 충격이 더해졌다. 뜬금없기는 하였지만, 새로운 충격은 최초의 충격과는 질적으로 달랐다. 뭐랄까. 최초의 충격이 애벌레였다면, 새로운 충격은 이틀의 번데기 과정을 거쳐 탄생한 호랑나비라고나 할까.

충격으로 고정관념이 뿌리째 흔들렸다. 절집에 머무는 사람도 출퇴근할 수 있다는 생각을 왜 하지 못했을까? 주식투자를 절집에서 하면 안 된다는 법칙이 있었던가? 웬만한 직장인이면 다하는 주말부부를, 옆방의 사내라고 못 하란 법이 있는가 말이다. 그래서였을까. 꿈쩍도 않던 인물들이 꿈틀거리기 시작했다. 스토리만으로는 살아나지 않던 캐릭터들이 제각각 얼굴을 드러내며 말을 걸어왔다. 웃고, 까불고, 농을 뱉기까지 했다. 어쩌면 이런 경우를 빗댄 것일지도 모른다. 쿤데라는 그의 소설 『참을 수 없는 존재의 가벼움』 2부 첫머리에서 이렇게 밝혔다.

– 작가가 자신의 인물들이 실제로 존재했다고 독자로 하여금 믿게 하려 드는 것은 어리석은 짓이다. 그들은 어머니의 몸이 아니라 영감을 불러일으키는 몇몇 문장, 혹은 핵심 상황에서 태어난 것이다. 토마시는 'einmal ist keinmal'이라는 문장에서 태어났다. 테레자는 배 속이 편치 않을 때 나는 꾸르륵 소리에서 태어났다.

그리곤 이렇게 이야기를 이어나간다. '그녀가 처음 토마시의 아파트 문턱을 넘었을 때 그녀의 배에서 꾸르륵 소리가 났다.' 다시 읽어도 번뜩이는 발상이 아닐 수 없다. 그는 가벼움과 무거움, 육체와 영혼, 순간과 영원 따위의 이분법적 논리의 허상을 '꾸르륵'에서 찾아냈다. 이 밤이 지나면 옆방의 사내가 다시 절집으로 출근할 것이다. 물 건너온 그의 애마는 시든 풀밭에서 또

5일간의 가을잠을 자겠지. 어쨌거나 나는 출근인지 출장일지 모를 사내의 등장이 벌써부터 기다려진다. 아, 주체할 수 없는 감정의 이 가벼움이라니.

방

11월 13일. 미국에서는 미쉘 오바마가 자서전을 출간했고, 만화업계 대부 스탠 리가 죽었다. 호주에서는 시민들을 위협하던 테러리스트를 노숙자가 제압했다. 이탈리아 부통령 디 마이오는 기자들을 '더럽고 비열한 하이에나'에 비유했다. 유대인 인권단체는 방탄소년단이 나치 문양의 의상을 입었다며 사과를 요구했다. 나는 한 문장을 오전 내내 고쳐 썼다. 고쳐 쓴 문장을 오후에 다시 고쳤다.

절집에 방을 얻어 글을 쓴지 한 달, 서른 밤의 고립에도 아직 손이 더디다. 더딘 손은 꿈 바깥에서 걸어 들어와 밤새도록 말을 한다. 겨울에 갇힌 말은 늘 숨이 가쁘다. 가쁜 숨에 화들짝 눈을 뜨면 창밖은 여전히 깜깜하다. 이런저런 일로 마음이 쓰이는 한

주었다. 오랜 벗의 모친상이 있었는데 아내에게 대신 문상을 부탁했다. 소문난 길치임에도 마다않고 다녀와 준 아내가 고맙다.

옆방에 묵었던 주식투자가는 떠났다. 하루에 백여덟 번씩 올렸던 그의 절도 효험이 없었던 모양이다. 태그매치에 출전한 레슬러처럼 다른 사내가 그 방에 들어왔다. 오전에 비워진 방이 오후에 다시 찼다. 사람은 바뀌어도 방은 여전히 그 방이다. 새벽 노을이든 저물녘 석양이든 같은 태양인 것처럼. 어쩌면 세상살이 또한 그러할지 모른다.

악수를 청하는 사내의 목은 심하게 잠겨있었다. 감기라고 했고, 몸을 만들기 위해서 왔다고 했다. 몸을 만든다는 게 무언지 이해가 되지 않았지만 묻지 않았다. 사내는 밤새 기침을 했다. 기침 소리는 벼랑 끝에 매달린 나무처럼 위태롭고 처절했다. 다음 날 아침, 공양간(식당)으로 가는 도중에 사내는 자신의 병명이 '간경화'라고 밝혔다.

복수가 차고 숨이 가빠 잘 걷지 못했다. 공양간을 오가는 동안에도 보폭을 줄여 사내의 속도에 걸음을 맞춰야 했다. 앓기 전에는 버스운전을 했으며 나이는 마흔여섯이라고 했다. 통성명하자마자 '형님'이라고 부를 만큼 사내는 넉살이 좋았다. 병의 원인은 술이고, 술의 원인은 도망친 아내라고 하였다. 독백을 하는 연극배우처럼 담담한 말투였다.

그렇게 며칠을 함께 지냈다. 사내는 대화에 굶주린 사람처럼 매달렸다. 틈만 나면 다가왔고, 툭하면 방문을 노크했다. 어떻게 하면 옆방의 글쟁이와 이야기를 할까, 그 방법을 찾는 것으로 하루를 보내는 것만 같았다. 책을 몇 권 권했지만 쓸모없었다. 급기야 어제는 차를 몰고 나가더니 술을 마시고 돌아왔다.

술과 친구를 피해 들어온 절집에서, 술과 친구에 목마른 사내와 동거를 하게 될 줄이야. 누군가 뜻대로 되지 않아 재미있는 것이 세상살이라고 하였는데, 과연 그러한지 묻고 싶은 아침이다. 오늘은 일부러 멀리 돌아 산책을 했다. 걸음을 옮길 때마다 서리와 안개가 내려놓으라며 내 발길을 붙들었다.

그림자는 밖에 세워두고 방문을 열었다. 방은 여전히 그 방이다.

씩

'코믹 코드'라고 하였다. 다소 엉뚱한 이 두 개의 외래어 묶음이, 그러니까 '코-코 조합'이 그의 밥벌이 수단이라고 하였다. 답은 간단했다. 비틀고 뒤집고 부풀릴 것. 알고 보면 지극히 빤한 공식이다. 이리도 빤한 공식이 코미디와 연극과 만화와 영화와 드라마의 코믹 캐릭터를 만들고 스토리를 구축한다. 그 빤한 공식을 배워보겠다고 한 것이 이십여 년 전이다. 배움이라고 해서 거창한 무엇은 아니고, 골방에 틀어 앉아 생각을 하는 게 전부였다. 글쎄, 이전에 했던 생각과 다른 점을 꼽으라면 일부러 낯설게 생각하는 연습이라고나 할까.

생각에도 연습이 필요하다. 적어도 글을 쓰는 내게는 틀림없는 사실이다. 엉뚱한 발상은 아닐까, 지레 겁먹을 필요는 없다. 글은, 특히 코믹을 위한 글은 낯설 필요가 있다. 비틀기 또한 낯 섦을 위한 생각 연습의 한 가지이다. 이를테면 이런 식이다. 죽은 귀신이 살아 있는 가족을 위해 굿을 하고, 채식주의자가 국밥집 외동딸을 짝사랑하고, 재벌 3세의 유일한 취미가 즉석복권을 긁는 것처럼 말이다. 비틀기의 결과물이 썩 마음에 들지 않으면, 뒤집고 부풀려서 웃음의 싹을 틔워보라고 하였다. 앞에서 밝혔듯이 내게 코-코 조합을 알려준 그가 한 말이다.

뒤집기는 사회적 통념을 뒤집는 것이라고 하였다. 거기에 맞춰 생각해 본 것이 '앎'이다. 앎이 뒤집힌 세상에서는 막 태어난 아기일수록 세상살이에 해박한 지식을 갖고 있다. 해박한 지식은 나이가 들면서 점차 까먹게 된다. 선거철이면, TV 대담프로에 출연해서 갑론을박하는 것도 갓난아기들의 몫이다. 아직 말을 하지 못하는 그들은 수화로 토론한다. 언론도 검찰도 대학도 기업도 모두 그들이 지배한다. 그들의 주의와 주장은 수화를 번역하고 대필하는 초등학생들의 손과 입을 거쳐 유모차 밖으로 퍼져나간다. 어느 날엔가는 유치원생이 세대교체를 주장하며 소수정당 후보로 대통령선거에 뛰어들기도 했다.

부풀리기는 웃음에 옷을 입히는 과정이다. 앎이 뒤집힌 세상을 한껏 부풀려 보면 어떻게 될까. 갓난아기들이 주인인 세상에서, 소비의 중심이 신생아 용품인 것은 당연하다. 기저귀와 젖병과 노리개용 젖꼭지를 소재로 한 패션쇼가 철 따라 열린다. 배우기 위해 학교에 가는 사람은 아무도 없다. 학교는 좀 더 천천히 잊는 법을 가르치는 곳이다. 협잡과 다툼과 배신이 신생아 사회에 팽배해서 교도소는 늘 신생아들로 넘쳐난다. 마약과 매춘과 무기밀매가 유모차 속에서 거래된다. 노인정에서는 가족들의 이름과 얼굴을 반복해 가르치지만 관심을 갖는 노인은 많지 않다. 앎이 뒤집힌 세상에서, 노인은 세상살이에 때 묻지 않은 가장 순수한 영혼이다.

이십여 년이 지난 지금도 나는 여전히 생각을 연습한다. 그렇다고 웃음이나 재미만을 위해 생각을 연습하지는 않는다. 사람들을 씩 웃게 하는 건 분명 좋은 일이다. 하지만 씩 웃고 돌아서는 사람들의 서늘한 발뒤꿈치가 눈에 밟혀서 애써 웃음을 소재로 삼지 않는다. 웃음조차 소비할 것을 강요하는 세상이 아찔해서랄까. 아이러니하게도 내게 웃음과 재미의 코드를 알려줬던 그는 오래전에 죽었다. 사람들은 그를 천재 스토리작가라고 불렀다. 말년에 차린 출판사는 대박을 터뜨렸는데, 어쩌면 그것이

불행의 시작점이었을지도 모른다. 천재는 죽고 추억만 살아남았다. 씩 웃고 있던 그의 영정사진이 눈에 선하다.

책

네모난 틀일까요. 생각을 담아 내는 그릇의 모양새 말이에요. 보이는 것을 담으려는 틀이나 액 자는 아닐 겁니다. 두 눈을 크게 뜨고 이리저리 바라보아도 눈에 비치는 세상은 사각형이 아니니까요. 아닌데도 네모난 테두리 안에 담아내는 것은, 담으려는 사람의 생각이 네모 안에 스며들 었기 때문이지 않을까요. 사진도 그렇고 그림도 그렇고, 책 또한 그러하고요.

책을 선물 받을 때마다 고마움과 안쓰러움이 함께 울렁거려 요. 책은 저마다 사연이 있어서, 사연을 따라 나이테를 찬찬히 더듬다 보면 명치끝이 아리고 쓴 물이 넘어오곤 해요. 타이레놀 이나 아스피린으로도 풀리지 않는 이 진통은 원고지에 씨를 뿌리는 사람들의 농사법을 알고 있음에서 기인해요. 생각할수록 딱한 농사꾼들이 아닐 수 없어요.

글 쓰는 사람들은 가슴 속 텃밭에 농사를 짓는다지요. 한 권의 책을 일궈내기까지 그들의 가슴 속 텃밭에는 몇 번의 곡괭이질이 쏟아질까요. 얼마만큼 파고 뒤집고 다시 씨를 뿌려야 골을 따라 문장이 흐르고 이야기가 싹틀까요. 싹튼 씨앗이 핏줄을 따라 줄기를 뻗고 뻗은 줄기마다 맥박처럼 사연이 흔들릴까요. 사연이 흔들리는 밤이면 텃밭을 일구는 농부의 숨결도 달빛에 묻혀 흘러갈 수 있을까요.

사람이란 동물은 참 묘해요. 배고픔을 해결한다고 해서 마음의 허기까지 채워지지 않으니까요. 어쩌면 그래서일지도 몰라요. 쌀도 보리도 수확할 수 없는 농사를 한 뼘도 되지 않는 가슴 속 텃밭에서 일구려는 까닭이 말이지요. 묘하기로는 재미라는 감정도 마찬가지예요. 슬픈 글도, 무서운 글도, 안타까운 글도, 화가 솟구치는 글도, 읽고 나서 재미있었다고 하는 걸 보면요.

겨울이 저물어서였을까요. 여기저기서 벗들의 책선물이 날아왔어요. 봄을 심으라는 격려 같기도 하고 겨울과 작별하라는 통지 같기도 해서, 선뜻 봉투를 뜯지 못하고 소인이 박힌 주소만 눈으로 쓰다듬었어요. 봉투를 열고 책을 받아들이는 순간은 나이가 무색하게 늘 떨려요. 고백을 앞두고 줄담배를 태워 물던 내 청춘의 그 날 밤도 그러했을까요. 편지를 펼치던 손끝조차 노랗게 애가 탔을지 몰라요.

차마 다 읽지 못하고 망설이는 책도 많아요. '산은 오르는 것登山이 아니라 들어서는 것入山이다'라는 말이 두려워서, 그 두려운 문장들이 살아 펄떡거릴 때마다 솟구치는 방랑의 벽을 주체할 수 없어서, 커피와 기타와 그림을 향한 절대고독의 수렁에서 헤어날 길이 없어서, 흉내조차 낼 수 없는 적요寂寥의 실체를 감당할 자신이 없어서, '가슴이 뿌서진다'던 저스틴의 눈망울을 정면에서 받아낼 용기가 없어서. 숨이 턱턱 막혀서.

불쑥 화가 나기도 해요. 저스틴과 엄마가 절망의 끄트머리에서 건져 올린 사랑의 값어치가 달랑 국밥 두 그릇 가격이라니요. 삼 년 혹은 이십 년 동안 쓰고 새기고 매만져서 완성시킨 책의 가치가 설렁탕 뚝배기 두 개 만큼이라니요. 아, 글을 쓰고 책을 만드는 사람들은 왜 이리 셈에 둔한 걸까요. 설마, 배가 고파야 예술이 나온다는 말을 믿는 건 아니겠지요. 그것처럼 돼 먹잖은 헛소리가 어디 있다고요.

글이든 그림이든 무엇이든,
책으로 세상을 묶는 사람들이 행복했으면 좋겠어요.

저

밤과 아침, 사이에 있습니다.
둘의 사이를 굶주린 길고양이 한 마리가 떠돕니다. 꺼지지 않은
가로등 밑에 서서 하늘과 맞닿은 세상 끝자락을 봅니다. 온전한
혼자입니다. 홀로 선 시간에서 홀로 설 수 없었던 시간을 떠올립
니다. 당신의 아침은 안녕하십니까.

출근길 거리에 서면 시간은 혼자만의 것이 아닙니다. 시간은
어깨와 어깨 틈에 갇혀 숨이 가쁩니다. 턱 밑까지 곤두선 숨이
시위대처럼 도로를 점거합니다. 앞과 뒤, 좌와 우, 어디에도 가쁘
지 않은 시간은 없습니다. 도시의 아침은 굶주린 고양이처럼 숨
이 가쁩니다.

시간이 시간을 쪼개고, 쪼개진 시간이 사람과 사람 아닌 것들을 나눕니다. 쪼개지고 나누어진 시간들이 거리를 휩씁니다. 골목을 메우고 지하도와 계단과 승강기를 채웁니다. 앞선 걸음을 뒤따르는 걸음이 짓밟습니다. 도시의 아침은 굶주린 고양이처럼 걸음에 쫓깁니다.

구두 뒤축은 땅을 밟기보다 시간을 밟기에 급급합니다. 일분일초가 혼자만의 것이 아닙니다. 시간은 도시를 구속하고 구속당한 도시는 시간을 통제합니다. 동업자인 시간과 도시 앞에서 사람은 프로그램일 따름입니다. 쓰레기더미를 뒤지는 고양이처럼 도시의 아침은 고달픕니다.

그래도 아침은 늘 사람을 향해 열립니다. 아침이 희망하는 것은 쌀이고 밥이고 일입니다. 쌀과 밥과 일은 도시와 시간에 있지 않고 사람에게 있습니다. 도시에 갇히고 시간에 밟히는 사람의 노동에 있습니다. 그렇게 또 하루가 열립니다. 당신의 아침은 어떠십니까.

길고양이 한 마리가 아침을 맴돕니다. 길고양이는 아침 바깥에 있고 저는 아침 안에 있습니다. 굳이 열려고 애쓰지 않아도 열리고 마는 아침은 야속합니다. 하기는, 야속한 것이 어디 아침 하나만 있을까요. 당신의 아침에도 고양이가 울고 서 있습니까.

저는 잘 지내고 있습니다.

숨

생각처럼 쉬운 게 또 있을까. 돈이 주인인 세상에서 생각은 값을 쳐주지 않아도 되는 몇 안 되는 것 가운데 하나다. 무엇을 생각하던 혹은 생각하지 않던 온전히 공짜다. 공짜일 수 있는 자유가 생각에 있어서인지, 세상에 쏟아지는 것들을 보면 공기처럼 가볍다. 대표적인 게 말과 글인데 말과 글 본연의 역할을 하지 못하고 소리로 그치기 일쑤다.

소리는 인간의 전유물이 아니다. 인간을 포함한 세상 모든 것들이 쏟아내는 게 소리다. 비와 바람이 그렇고 짐승과 자동차 심지어 파리와 귀뚜라미도 소리를 뱉는다. 물론 그렇게 뱉어내는 소리 가운데는 인간의 입을 통해 쏟아지는 것들도 있다. 그렇게 쏟아내는 인간의 소리를 우리는 말이라고 부른다.

그렇다. 말은 소리의 일종이다. 그럼에도 말을 소리와 구분하는 까닭은 뜻을 지녔기 때문이다. 말과 글을 처음 만들어낸 인간들도 의사소통을 위해 생각이 필요했다. 무엇이라고 부를까. 부르기 위한 것들은 자연현상에도 많았고, 사물이나 느낌에도 적지 않았다. 생각 끝에 인간들은 가장 소중하게 여기는 것부터 한 글자씩 차례로 이름을 붙이기 시작했다.

몸, 불, 숲, 길, 집, 밥, 땅과 같은 것들이 그렇게 만들어졌다. 더 이상 한 글자로 이름 붙이기 힘들어지자 다음엔 두 글자로 이름 붙였고, 그다음엔 세 글자로 붙였다. 그런 점에서 한 글자로 부르는 것만큼 인간에게 소중한 것은 없다. '말'과 '글'이 소중한 까닭도 그래서다.

한 글자로 이름 붙여진 것 가운데서 군이 하나만 꼽으라면 나는 '숨'을 꼽는다. 숨은 인간의 삶과 직결되어있다. 숨을 쉼으로 삶이 시작되고 숨을 멈춤으로 삶이 마감된다. 숨은 숲을 닮아서 끝없이 호흡해야 한다. 인간이 말과 글을 통해 소통하는 것도 엄밀한 의미에선 호흡이다. 숨 쉬지 않는 인간이 말을 할 수 있겠는가. 글을 쓸 수 있겠는가.

사람이 사람인 것은 두 발ㅅ로 서기 때문이다. 두 발로 서서 말을 하기 때문이다. 말을 할 때 인간은 자연스럽게 호흡한다. 숲이 숨을 쉬며 호흡하는 것처럼 인간은 말과 함께 숨을 쉰다. 말을 통해 세상과 호흡하고 상대와 소통한다. 그런데 말을 하면 할수록 숲처럼 맑아지지 않고 혼탁해지는 건 왜일까. 말이 말과 멱살잡이를 하여 숨 막히게 되는 걸까. 두 발로 서는 사람보다 돈이 먼저 우뚝 서는 세상이기 때문일까.

흉기로 나는 상처보다 말로 입는 상처가 많다. 흉기로 난 상처는 치료할 수 있지만 말로 입은 상처는 약이 없다. 유일한 약이라면 말이다. 말이 말을 덮고 말이 말을 보듬는다. 잊지 말자. 자신의 숨을 스스로 끊는 유일한 동물이 인간이다. 우리가 무심코 뱉는 말은 숨을 끊는 독毒일 수도 있고, 숨을 여는 약藥일 수도 있다.

눈을 뜰 때마다 아침보다 먼저 말이 창궐한다. 창궐한 말은 글이라는 기호로 바뀌어 영원히 기록된다. 신문과 뉴스와 인터넷을 통해 무차별적으로 쏟아진다. 보기 싫어도 보아야 하고 듣기 싫어도 들어야 한다. 요즘에는 일인방송이라는 것까지 끼어들어 융단폭격이다. 말과 글의 무한 복제 시대가 열린 꼴인데,

그 또한 듣기보다 말하기가 앞서기 때문이리라.

　말은 뱉는 것이고 글은 쓰는 것이다. 뱉고 쓸 때, 입과 손이 뱉고 씀의 역할을 대신한다. 대신할 때의 입과 손은 단순한 입과 손이 아니라 입과 손을 부리는 사람 그 자체다. 그런 이유로 뱉는 입과 쓰는 손에는 뱉거나 쓰려는 사람의 깊이가 녹아있다. 입과 손을 함부로 부려선 안 될 까닭이 거기에 있다. 말과 글은 사람과 사람 아닌 것들을 가르는 기준이다.

2장

살아내는   이유

첫

눈앞에 툭 던져졌을 때, 만남
이 시작된다. 그래야 진짜다. 처음을 낱말 앞에 붙이는 것도 그
래서다. 처음여행, 처음생각, 처음사람, 처음이별, 하는 것처럼.
그래야 온전하다. 처음을 '첫'이라 부르는 것은 씁쓸하다. 첫은
문법이라는 감옥에 갇힌 처음이다. 갇힌 첫에는 처음이 품고 있
는 차분함이 없다. 주소만 있고 이름이 없는, 영영 붙이지 못할
연애편지랄까.

첫사랑이 온전하지 못함도 그래서일지 모르겠다. 첫에는 시
옷이라는 발이 달려서 늘 종종거린다. 종종거리는 것들은 설렘
이란 알을 깨고 태어난다. 턱을 고이고 찬찬히 들여다보자. 저기
저 종종걸음 치며 설레는 것들을. 설렘 앞에 우뚝 선 첫의 낯섦

을. 하긴, 당신이라고 설렘의 추억으로부터 자유로울 수 있을까. 무언가? 당신의 첫에 붙어있는 설렘의 정체는.

내게는 첫눈이 그렇다. 눈과 나의 만남은 잦았지만, 첫눈과는 인연이 없었다. 첫눈과 나는 서로를 끌어당기지 못하고 밀어내기 바빴다. 내게 찾아오는 첫눈은 늘 기별도 없이 슬쩍 왔다. 무심코 열어본 창문 틈으로. 그만큼 열린 세상 밖의 흔들림으로. 이미 흩날린 첫눈은 나의 것이 아니어서, 첫눈이라 이름 붙인 사람들의 뒤통수만 바라보다 작별하기 바빴다.

오늘은 산을 오르다 눈을 만났다. 고백했듯이 첫눈일 수 없는 눈이었다. 아직 녹지 않은 눈 위로 새로운 눈이 덮였다. 눈이 눈을 덮고, 덮인 눈이 산을 덮었다. 덮은 눈도 덮인 산도 내 눈에는 같은 눈으로 보였다. 눈 덮인 산을 눈을 밟으며 올랐다. 밟고 오를 때마다 하중을 견디지 못한 눈이 신음을 토했다. 눈이 우는지 산이 우는지 가려내기 힘든 울음이었다.

발밑에서 우는 울음소리를 견디지 못하고 전화를 걸었다. 전화는 산과 눈과 울음을 뚫고 아내를 불러냈다. 불러낸 아내는 산 아래 있고 부른 나는 산 위에 있었다. 위와 아래의 경계는 내리

는 눈에 덮여 지워지고 없었다. 함께 살아온 삼십 년의 하중에
대해 묻고 싶었지만 그러지 못했다. 발밑에서 밟히는 눈의 울음
보다 아픈 울음이 산 아래 쏟아질 것만 같았다.

열 달을 배 속에서 살다 나온 아이들이라면 알까. 엄마가 견
뎌낸 하중의 실체가 정확하게 어떤 것인지. 무게인지, 깊이인지,
충격인지, 압박인지, 아니면 그것보다 더한 또 다른 무엇인지. 물
어본들 대답할 수 없겠지. 내가 못하는 것을 아이들이 기억해낼
순 없을 테니까. 눈의 울음을 딛고 능선에 서서, 눈에 덮여 지워
진 북쪽 하늘을 바라보았다.

저어기, 가려지고 지워진 세상 어디쯤에 내 어머니가 있을
것이다. 치매로 사라져가는 어머니의 세상에도 눈은 내리고 있
을까. 눈이 지우는 세상만큼 어머니의 기억도 사라지고 있겠지.
세상을 향해 쏟아내던 내 처음울음만큼은 어머니의 기억에 남
았으면 좋으련만. 어쩌면 탯줄을 끊어내던 가위질의 떨림마저
오늘 내린 저 눈이 덮어버렸을지 모른다.

풀

엄마가 사는 곳은 마을회관입니다. 이년 째 마을회관에서 먹고 잡니다. 그곳에서 약을 먹고, 그곳에서 기도를 합니다. 며칠 전에는 그곳에 사는 누군가의 엄마와 싸웠습니다. 엄마도, 또 다른 누군가의 엄마도, 지기 싫어서 눈을 부라리며 싸웠습니다. 어떤 것도 감내할 수 있지만, 자식을 흉보는 건 참을 수 없습니다. 자식 자랑에서 밀리는 건 견디기 힘듭니다. 참을 수 없고 견디기 힘들어서, 여든을 넘긴 두 엄마가 삿대질을 하며 싸웠습니다. 마을회관에 사는 두 할머니가 추석 명절을 앞두고 싸웠습니다.

엄마가 사는 곳은 마을회관입니다. 이년 째 마을회관에서 지냅니다. 낡은 시골집을 수리하는 동안 마을회관에서 지내기로 하였습니다. 그토록 완강하게 거부하던 엄마가 집을 떠나겠노라 허락한 것도 그래서입니다. 엄마가 살던 시골집은 이년 째 수리 중입니다. 엄마는 그렇게 알고 있습니다. 그렇게 알고 있는 엄마는 노인요양원에서 삽니다. 엄마에게 요양원은 마을회관입니다. 치매로 기억을 잃어버린 엄마의 시골집은 오늘도 수리 중입니다. 어쩌면 영원히 수리 중일지도 모릅니다. 엄마는 치매 노인들과 함께 요양원에서 삽니다.

엄마가 사는 곳은 마을회관입니다. 엄마는 그곳을 마을회관이라 확신합니다. 그 확신이 사실에 기초한 것인지 아니면 그리 믿고 싶은 것인지 확인할 길은 없습니다. 저 또한 확인할 수 있는 용기가 없습니다. 확인을 통해 밝혀질 사실이 두렵습니다. 엄마에게 그곳은, 그러니까 요양원은, 치매와는 아무런 상관없는 마을회관이라야 합니다. 그래야 옳습니다. 그렇지 않은 순간, 엄마가 견뎌낼 하루하루는 지옥입니다. 지옥에 빠진 엄마를 애써 모른 척하는 저는, 쫄쫄 굶다 자빠져 죽어야 할 잡것입니다.

엄마가 사는 곳은 마을회관입니다. 코로나 방역 조치로 요양원은 대면 면회를 허락하지 않았습니다. 추석이라는데, 엄마와 자식이 유리창을 사이에 두고 덕담을 나눴습니다. 주거니 받거니 안부가 오갔지만, 엄마는 끝내 며느리를 알아보지 못했습니다. 삼십여 년을 지켜봤던 며느리인데, 그동안의 기억은 어디로 가고 말았을까요. 유리창 너머로 들려오는 엄마의 웃음 속에서 바싹 마른 풀 냄새가 났습니다. 풀 냄새는, 한여름 뙤약볕에 잘 말린 이불호청 냄새 같기도 하고, 쌀겨를 넣고 바느질로 꿰맨 베개 냄새 같기도 하였습니다.

엄마가 사는 곳은 마을회관입니다. 엄마는 면회를 하는 내내 자식 얼굴에서 눈을 떼지 않았습니다. "오메, 이쁜 내 새끼." 예순 살이 다 되어가는 자식이 엄마에게는 아직도 '내 새끼'입니다. 죄 많은 새끼는 고개만 주억거리다 어미에게서 돌아섰습니다. 집으로 돌아오는 동안 아내와 저는 차창 밖만 바라보며 입을 다물었습니다. 유리창 너머에서 웃던 엄마 얼굴이 차창 가득 번졌습니다. 돌아가시기 직전의 장모님도 그랬습니다. 마른 풀잎처럼 버석거리는 목소리로 아내에게 말했습니다.

– 이쁜 내 새끼.

장^醬

당신은 늘 거기 있어요. 장독대 한 귀퉁이, 배불뚝이 옹기 속에 있어요. 유리로 된 창도 없지요. 앞으로도 뒤로도 열고 나올 문이 없어요. 문도 창도 없는 동그라미 속에 당신이 있어요. 저는 믿어지지 않을 때가 많아요. 그렇게 사는 것도 산다고 할 수 있을까요. 당신이 사는 옹기 속은 어떤 세상인가요. 얄기만 한 제 눈에는 보이지 않아요. 애써 부릅떠도 볼 수 없어요. 당신은 속에 있고 저는 밖에 있어요. 무릎에 턱을 고이고 쪼그려 앉으셨나요. 옹기 속 동그란 세상에도 환한 달빛이 드리우나요. 저는 모르겠어요. 뚜껑을 열어 봐도 어둠뿐이니까요.

당신은 늘 거기 있어요. 장독대 한 귀퉁이, 배불뚝이 옹기 속에 있어요. 메주 아홉 덩이를 넣고 소금물을 부은 날부터였지요.
맞아요. 그랬던 것 같아요. 그때나 지금이나 당신은 말이 없지만,
어둠이 두껍게 내린 밤이면 제 귀에 들려요. 당신은 동그란 옹기
속에서 앉아 울고 있어요. 당신의 울음은 밖으로 퍼지지 못하고
속으로 무너져요. 당신이 우는 밤이면 저는 다리에 힘이 풀려서
주저앉고 말아요. 참지 말아요. 속으로 울지 말아요. 익는다는 것
은, 까맣게 태운 속이 다시 썩어 문드러지는 걸까요. 저는 모르
겠어요. 뚜껑을 열어 봐도 아픔뿐이니까요.

　　당신은 늘 거기 있어요. 장독대 한 귀퉁이, 배불뚝이 옹기 속
에 있어요. 아버지가 떠난 뒤부터였을까요. 육 남매를 기다리다
동네 입구에 쪼그려 앉은 뒤부터였을까요. 예쁘게 차려입고 보
따리를 챙겼다지요. 상한 음식이 잔뜩 들어있는 보따리였어요.
새끼들 먹이려고 감춰두었던 것일까요. 맞아요. 어쩌면 그날부
터였는지 몰라요. 어머니는 제 발로 옹기 속으로 걸어 들어가 뚜
껑을 덮어버렸어요. 덮어버린 뚜껑은 다시는 열리지 않아요. 열
수 없어요. 세상은 뚜껑 바깥에서 살고 어머니만 홀로 뚜껑 안에
서 살아요. 얼마나 더 외로워야 닫힌 세상이 열릴까요. 저는 모
르겠어요. 기억마저 닫혀버린 그 속을 어찌 알겠어요.

당신은 늘 거기 있어요. 장독대 한 귀퉁이, 배불뚝이 옹기 속에 있어요. 모자란 저는 당신을 볼 면목이 없어요. 당신처럼 참아내고 삭여낼 자신이 없어요. 끙끙 앓는 가슴으로도 품고 젖을 물릴 용기가 없어요. 오늘은 모자란 제가 세상 나들이를 했어요. 세상은 똑똑한 사람들 천지예요. 모자람을 덜어 보려 나갔다가 모자람만 확인하고 돌아왔어요. 제가 생각해도 저는 참 모자란 사람이에요. 모지리, 라고 놀려도 할 말이 없어요. 모자라야 채울 게 많다고 말하는 사람도 있던데요. 글쎄요, 저는 잘 모르겠어요. 아무리 생각해도 모자란 건 모자란 것이니까요.

당신은 늘 거기 있어요. 장독대 한 귀퉁이, 배불뚝이 옹기 속에 있어요. 당신의 체온은 모자란 제 손바닥에도 고루 따뜻해요. 저는 당신의 배에 귀를 대고 숨소리를 들을 때가 좋아요. 당신의 숨소리는 낮고 아득해요. 온전히 사계절을 익어낸 것들만 뱉을 수 있는 소리지요. 저도 당신처럼 옥상 한 귀퉁이에서 익어갔으면 좋겠어요. 배불뚝이 옹기 속에서, 눈물처럼 짜고 아픔처럼 쓸쓸하게 농익었으면 좋겠어요. 그렇게 푹 익다 보면 모자란 제 가슴에도 달빛 스미는 날이 올까요. 당신은 늘 거기 있어요. 장독대 한 귀퉁이, 배불뚝이 옹기 속에 있어요.

벽

완벽한 대본이라 해도 NG는 생긴다. 정해진 대사와 지문이라 해도 피할 길이 없다. NG는 대본 따라 연기하는 배우들만의 것이 아니다. 촬영을 멈추게 하는 요인은 의외로 많다. 도로를 통제해도 날아드는 비둘기를 막을 수 없고, 급작스러운 바람에 조명이나 소품이 넘어질 수도 있다. 정해진 것은 대본뿐이다. 정해진 대본에 맞춰서, 날씨와 장소와 시간과 상황과 감정을 연출하는 건 쉽지 않다. 사람이 살아가는 것도 크게 다를 게 없다. 누구에게나 가슴에 품은 완벽한 대본이 있지만, 대본 따라 살아지는 건 아니다.

아이의 꿈이 또 무너졌다. 삼 년째다. 아이의 침묵은 무너지는 빙산처럼 시리고 아득하다. 손을 뻗어보지만 헤아릴 길 없는 벽이다. 벽 너머에서 침묵이 눈처럼 쌓인다. 예고도 없이 쌓이는 침묵의 눈 때문일까. 취준생 가족의 겨울은 목부터 얼어붙는다. 남은 한 장의 달력조차 칼날이 되어 가족의 목을 겨눈다. 재작년이 그랬고 작년 겨울 역시 그랬다. 이런 겨울은 아이가 꿈꾸는 대본 어디에도 없다. 없는 내용의 대본을 펼쳐 놓고 아이는 침묵과 마주한다. 마주한 둘의 틈을 누가 파고들 수 있을까. NG를 외치며 멈춰 세울 수 있는 자격은 누구에게도 없다.

어깨동무하면서 술을 마셨지만 위로의 말을 제대로 하지 못했다. 이리도 변변찮은 아비를 아비라 부를 수 있을까. 아비에 걸맞은 자격이 있기는 할까. 너를 끌어안았을 때, 펄펄 끓던 얼굴과 귓불을 아비는 지금도 잊을 수 없다. 그런 너의 등을 토닥이며 아비는 '괜찮아'라고밖에 하지 못했다. 하고 많은 말 중에 아비랍시고 한다는 소리가 '괜찮아'였다니. 그런 못난 아비를 향해 너는 '죄송해요'라고 했던가. 그런 걸 보면 너 역시 아비 못잖은 바보가 틀림없다. 죄송한 것은 네가 아니라 아비임을 모르는 사람이 어디 있겠느냐.

불 꺼진 거실에서 우두커니 앉아 새벽을 기다렸다. 새벽안개 자욱한 공원을 산책하다가 환경미화원들과 마주쳤다. 분리수

거 되지 않은 쓰레기 봉지들이 트럭 위로 던져졌다. 불쑥, 이 도시를 떠나고 싶었다. 갑자기 찾아가도 반겨줄 이가 있을까. 전화번호 몇 개에 문자를 남겼다가 가장 먼저 날아온 답장대로 행선지를 정했다. 화가를 찾아간 길에서 노동자와 춤꾼을 만났다. 궁금한 만큼 반가움도 컸다. 그 이들에게도 꿈꾸는 대본이 있을까. 헤아렸지만, 보이는 만큼만 아는 것이 각자의 삶이라서 대본의 속뜻을 읽을 수 없었다.

일상으로 돌아온 방안은 고요하다. 아내가 걷어온 수건 빨래를 마주 앉아 접는다. 아내는 아내 방식대로 접고 나는 내 방식대로 접는다. 다섯 식구라서 그럴까. 문득, 방을 이루는 네 개의 벽이 우리 가족 같다. 가족 누구든, 지친 몸을 기댈 네 개의 벽이 방에는 있다. 무너지는 마음을 맡길 수 있는 벽이 네 개나 있다. 기대 보면, 각자의 벽마다 등에 닿는 애틋함이 다르다. 벽 너머에서 전해오는 두근거림이 다르다. 달라서, 가족이라는 네 개의 벽은 그 자체로 소중하다. 방안에 앉아서, 나를 보듬은 네 개의 벽을 바라본다. 살아야 할 이유가 분명하다.

흙

아버지는 내 생일날 아침에 돌아가셨습니다. 아침상에 오른 미역국을 몇 숟가락이나 뜨셨을까요. 다시 자리에 누운 아버지는 끝내 일어나지 못했습니다. 추석을 이틀 앞둔 날 아침이었습니다. 영화처럼, 한쪽 눈을 감지 못하고 아버지는 숨을 거뒀습니다. 숨을 거두기 직전에 입술을 달싹이며 무슨 말인가 하였는데, 말은 내 귀에 도달하지 못하고 흩어져버렸습니다. 흩어진 말 속에는 말은 없고 흙냄새만 남아 있었습니다. 무화과나무 아래 쪼그려 앉으면 맡을 수 있던 흙냄새였습니다. 어쩌면 무화과나무 아래 굴을 파고 살던 개미들의 냄새였는지도 모릅니다.

아버지는 내 생일날 아침에 돌아가셨습니다. 아버지가 돌아가신 마당에 생일은 의미가 없습니다. 빛을 잃기는 추석 명절도 마찬가지입니다. 아버지가 가신 뒤로는 명절 대신 제사를 위해 가족이 모입니다. 사십여 년을 그렇게 지냈습니다. 이번에도 그 랬습니다. 달라진 게 있다면 코로나로 인해 가족이 다 모이지 못 한 것입니다. 하긴, 그것이 우리 가족만의 문제일까요. 코로나로 오백만 명이 죽었습니다. 하루 평균 팔천 명꼴입니다. 장례도 치 르지 못하고 서둘러 가족을 땅에 묻은 사람들의 심정은 어떠할 까요. 그들의 기억에도 흙냄새가 선명할까요.

아버지는 내 생일날 아침에 돌아가셨습니다. 오십을 넘기지 도 못한 나이였습니다. 영정 사진 속의 아버지는 어느 순간부터 나보다 젊습니다. 젊은 아버지의 사진에는 나와 내 아이들의 얼 굴이 고스란히 남아있습니다. 굳이 사진이 없어도 아버지의 얼 굴은 내 심장 안에서 선명합니다. 그러면 되었습니다. 몇 해 전 부터 나와 아내는 아이들에게 이렇게 부탁합니다. 죽거든 제사 를 모실 필요는 없다. 시간이 허락되는 형제들끼리 모여서 좋은 시간을 보내라. 아비와 어미를 떠올리며 활짝 웃어주면 고맙겠 다. 슬퍼하지 마라. 결국은 흙으로 돌아가는 것이다.

아버지는 내 생일날 아침에 돌아가셨습니다. 그날 아침, 돌아가신 아버지의 손을 붙들고 까마득히 울었습니다. 아버지 묘를 이장移葬할 때도 그랬습니다. 파묘破墓를 하고 유골을 수습하는데 한쪽 손가락뼈를 찾지 못했습니다. 직접 구덩이 밑으로 들어가 묘지 바닥의 흙을 더듬으며 찾았습니다. 삼베로 만든 손 싸개 속에 다섯 손가락뼈가 고스란히 들어있었습니다. 땅속에서 올려다본 하늘은 직사각형으로 반듯하게 잘려있었습니다. 아버지도 이렇게 반듯하게 누워 있었겠지요. 직사각형으로 반듯하게 잘린 하늘에서 흙냄새가 쏟아졌습니다.

아버지는 내 생일날 아침에 돌아가셨습니다. 돌아가시기엔 너무 아까운 나이였습니다. 젊은 시절의 아버지는 손가락으로 내 머리카락을 헝클어뜨리며 활짝 웃곤 하였습니다. 그때, 내 머리에 닿던 아버지의 손가락 감촉을 잊을 수 없습니다. 당신의 손가락에 묻어있던 담배 냄새를 지금도 기억합니다. '신탄진'이었던가요. '파고다'였던가요. 담배 심부름을 할 때마다 아버지는 내 머리카락을 헝클어뜨리며 활짝 웃었습니다. 나도 아버지를 따라 내 아이들의 머리카락을 헝클어뜨리곤 합니다. 내가 그랬던 것처럼, 내 아이들도 기억해 줄까요.

먼 훗날, 내가 흙으로 돌아간 뒤에도 기억하고 있을까요.

명^命

막내가 왔다. 현관문이 삑삑거리기 시작한 것은 자정 무렵이었다. 캐리어 가득 빨래를 챙겨온 막내는 씻기도 전에 '배고파'를 연발했다. 삼 분이나 걸렸을까. 초스피드로 씻고 털고 말린 막내는 팬티 바람에 식탁에 앉았다. 막내에게 불려 나온 아내는, 그러니까 내게 주인 되는 분께서는, "미친 놈, 시간이 몇 신데"를 연발하면서 밥상을 차렸다.

막내는 양푼에 밥을 비벼가며 냉장고 잔반을 처리했다. 고추장 냄새는 알싸하고 들기름 냄새는 달달했다. 아내는 맞은편 식탁에 앉아 꾸벅 졸았다. 졸린 눈과 달리 입가에는 미소가 가득했다. '꾸벅'과 '꿀꺽'이 식탁을 사이에 두고 상봉하였다. 나는 멀찌감치 떨어져(사회적 거리두기와 상관없이) 모자의 상봉을 관전했다.

다행히 막내의 엄마는, 그러니까 내게 주인 되는 분께서는, 별다른 지시를 내게 하명하지 않았다.

코로나 시대의 청춘은 애달프다. 대학생이라고 해도 별수 없다. 비대면非對面이 일상인 캠퍼스에 낭만은 없다. 없는 낭만이 꿈꾼다고 생겨날까. 보이는 것이라곤 불확실뿐인 시대에 낭만에게 할애할 여유는 없다. 막내는 학교 담 너머에서 자취를 한다. 비대면 수업이 일상이라지만 교수연구실에서 아르바이트하는 막내에겐 '해당 사항 없음'이다. 싫든 좋든, 해가 뜨면 막내는 학교로 출근을 한다.

새벽이 되도록 막내는 노트북 앞을 떠나지 않았다. 과제를 하는 모양이었다. 주변을 어슬렁거리다 눈길이 마주친 틈을 놓치지 않고 물었다. "지낼 만해?" 막내는 대답 대신 슬쩍 웃어 보였다. 막내의 웃음 앞에만 서면 왜 코끝이 간지러울까. 교수연구실에는 막내 말고도 두 사람이 더 있다고 했다. 막내 표현대로라면, '박사 형'과 '석사 형'이 그들이다.

아마도, 박사 과정과 석사 과정을 밟고 있는 선배들이겠지. 막내는 그들과 함께 생활하면서 '세상살이'를 배운다고 했다. 스물두 살, 예비 사회인이 배우는 세상살이는 어떤 것일까. 막내의 생각을 따라 걷다 보니 혓바닥 너머로 쓴 물이 고였다. 그래, 그렇게 한 걸음씩 걸어가면 된다. 특별할 것도 별다를 것도 없다. 부끄럽지만, 이 아비는 지금도 '어른 되는 법'을 배우는 중이다.

나란히 스탠드 불빛에 기대 밤을 지새웠다. 막내의 불빛은 새벽 네 시가 되어서야 꺼졌다. 뜻대로 원고지를 채우지 못한 나는 밤새 머리카락만 쥐어뜯었다. 아침을 깨운 건 밤 근무를 마치고 퇴근한 딸아이의 고단함이었다. 간호사와 작가, 둘 중에 누가 더 피를 말리며 살까. 딸아이 방 침대를 점거했던 막내는 제 누이에게 등짝을 맞고서야 기어 나왔다.

일요일 아침, 졸린 눈을 한 가족들이 식탁에 둘러앉았다. 누군가에게는 아침이고, 누군가에게는 저녁인 식사 자리였다. 가장 먼저 털고 일어난 사람은 아내였다. 아내는 일요일인데도 학교로 출근했다. 토익^{TOEIC} 시험감독, 네 시간에 팔만 원이라고 했다. 현관을 나서기 전에 아내는, 그러니까 내게 주인 되는 분께서는, 세탁기가 다 돌아가면 빨래를 널어놓으라고 하명하셨다.

하명하실 때, 잘 털어서 널라는 말씀도 잊지 않았다.

손

박근혜 정권 때였다. 지하철 무임승차 단속반이 아내와 나를 가로막았다. 아내가 사용하는 장애인 교통카드 때문이었다. 단속반 완장을 찬 중년 사내는 장애인을 사칭한 무임승차라며 이맛살을 찌푸렸다. 멀쩡한 사람이 교통비 몇 푼 떼먹으려고 이래서야 되겠냐는 식이었다. 그런 게 아니라고 말을 해도 믿어주지 않았다. 퇴근길에 지친 눈길들이 아내에게 쏟아졌다. 파렴치범을 대하는 눈빛이었다. 찔러오는 눈빛 앞에서, 발가벗겨지기라도 하듯 아내는 장갑을 벗어야만 했다. 엄지를 잃은 손은 어미를 잃은 아이 같았다.

주체할 수 없는 모멸감에 아내의 눈에 눈물이 고였다. 엄지손가락을 잃은 아내의 손을 확인하고도 단속반은 죄송하다는 말을 하지 않았다. 역무원들이 일하는 사무실 문을 박차고 들어갔지만 어느 누구에게서도 정중한 사과는 듣지 못했다. 공공근로를 하는 일용직이라 단속이 서툴렀다며 책임을 회피하기에만 급급했다. 역무원들이 입고 있는 조끼가 날카로운 유리 조각이되어 가슴에 날아와 박혔다. 조끼에는 '단결투쟁'이라는 구호가선명하게 적혀 있었다. 아내 손을 꼭 쥐고 사무실을 걸어 나왔다. 엄지 잃은 조막손이 내 손 안에서 파르르 떨었다.

아내의 손을 쥔 주먹에 힘을 더했다. 떨지 마라, 아내야. 당신은 손가락 하나를 잃었지만 세상은 가슴을 잃었다. 사람은 없고밥그릇만 보이는 세상에는 가슴이 없다. 설움을 앞에 두고도 고개 돌리는 세상에는 가슴이 없다. 숨소리를 따라 들썩이는 허파는 있어도 생명으로 쿵쾅대는 심장은 없다. 떨지 마라, 아내야.노동운동을 하겠다고 대학을 중퇴했던 당신이 아니더냐. 돈벌이도 없는 글쟁이에게 인생을 걸어준 당신이 아니더냐. 비키니옷장 두 개로도 신혼살림을 차렸던 당신이 아니더냐. 떨지 마라,아내야.

움켜쥐면 되는 것이니, 하나가 없어도 충분하다. 글씨를 쓰든, 젓가락질을 하든, 악수를 하든, 온전히 당신만의 방식이면 그

만이다. 내게 있어 당신의 손은 보름달이다. 아홉 개의 손가락은
세 개의 계절을 잉태하는 꽉 찬 충만함이다. 봄과 여름과 가을
을 살게 하는 완전함이다. 나는 당신의 완전함과 손잡고 겨울을
난다. 눈보라 휘몰아치는 세상을 향해 손가락을 뻗어 세상을 그
린다. 바깥세상을 내 안의 세상으로 옮긴다. 까만 잉크를 손톱에
묻혀 세상을 그리고 하얀 원고지를 더듬으며 글을 쓴다. 사람 사
는 이야기를 쓴다. 봄과 여름과 가을을 살아낸 이야기를 비로소
하얀 겨울에 담는다. 그러니 떨지 마라, 아내야.

보아라. 저기, 아내가 온다. 세 아이의 엄마가 온다. 일을 마친
여성노동자가 온다. 오늘을 보낸 계약직 노동자가 내일을 향해
내게로 온다. 노동을 마친 손을 당당하게 흔들며 환한 웃음으로
온다. 저기, 지구의 절반이 온다.

산 山

섬은 수평선水平線 위에 뜨고 산은 지평선地平線 위에 선다. 수평선에 뜨지만 바다일 수 없는 섬처럼, 지평선에 서는 산 또한 들녘이 될 순 없다. 섬은 섬이고 산은 산이다. 그래서 둘은 외롭다. 타고난 팔자 따라 섞이지 못하고 도드라질 운명이랄까. 그런 점에서 섬과 산은 닮았다. 섬이 바다에 떠 있는 산이라면, 산은 들녘에 서 있는 섬이다. 지치고 힘든 것들이 섬으로 산으로 마음을 여는 것도 그래서다.

섬 같은 산에 오른다. 갯벌에 찍힌 새 발자국처럼 생긴 산이다. 새 발자국 같은 그것이, 밑으로 함몰하지 않고 위로 도드라지며 간신히 산의 모양새를 갖추었다. 세 갈래로 갈라진 발가락 끝이 동쪽과 서쪽 그리고 남쪽을 가리키는데, 발톱이 박힌 세 지

점에 각기 다른 지하철역이 들어섰다. 지하철 역사의 출입구는 산을 눈앞에 둔 기대감으로 종일 요란하다. 먼길을 돌아온 사람들이 세 갈래로 갈라진 발가락 끝에 기대고 산에 오른다.

와우고개는 갈라진 세 발가락의 한 가운데 있다. 산의 옛 이름이 와우산臥牛山인 것과도 관련이 있으리라. 신축년辛丑年 소의 해 첫날을 '누운 소'의 등허리를 밟으며 맞이한다. 누운 소는 봉우리랄 것도 딱히 없어서, 능선을 따라 걷다 보면 꼬리가 머리 같고 머리가 꼬리 같다. 이리도 변변찮은 산기슭에 흐르다 고일 물이 어디 있다고 곳곳에 약수터가 들어섰을까. 숲길을 따라 걸을수록 섬인지 산인지 정체가 모호하다.

소처럼 산의 꼭대기에 웅크린다. 도시에 웅크릴 때는 산이 보이더니 산에 들자 도시가 보인다. 갯벌을 뒤덮은 칠게처럼 도시는 제 영역을 표시하려는 온갖 것들로 질퍽하다. 찬양과 비난의 외침들이 마스크로 모습을 가린 채 거리를 활보한다. 도시는 아직 소비되지 못한 것들을 흔들며 끝없이 소비하라고 사람을 압박한다. 사람이 만든 제도와 시스템에 소비자만 있고 사람은 없다. 소비되고 마는 사람처럼 불쌍한 것들이 또 있을까.

누운 소가 벌떡 일어나 도시의 벽이란 벽을 죄다 허무는 상상을 하다 접는다. 그러기엔 누운 소가 짊어진 어깨가 너무 무겁다. 능선을 따라 설치된 군부대 철책이 소의 척추를 짓이기며 죽음을 강요한다. 지뢰처럼 곳곳에 박힌 군사보호시설 경고 표시가 DMZ에 든 것 같은 착각마저 불러일으킨다. 도시의 평화는 고사하고 누운 소의 목숨조차 위태롭다. 와우고개 출렁다리가 온몸으로 저항하는 것도 그래서일지 모른다.

돌아보면 죽음이 두렵지 않던 시절도 있었다. 끌려가는 것도 갇히는 것도 두렵지 않았다. 그때마다 '죽어도 좋다'고 속으로 되뇌었다. 마음을 고쳐먹은 건 큰아이를 낳으면서였다. 산통은 열세 시간이나 계속되었다. 출산을 마친 아내 얼굴에는 터진 실핏줄이 열꽃처럼 피어있었다. 죽음의 고통과 맞바꾼 새 생명 앞에서 '맥없이 죽지 않겠노라.' 다짐했다. 산을 내려오면서도 같은 다짐을 했다. 누운 소의 심정으로, 한 해를 또 살아낼 작정이다.

길

골목은 집과 집이 돌아앉은 등뼈 같다. 깜깜한 밤, 돌아앉은 집의 온기는 담 안으로 고이고, 온기로부터 소외된 골목에 가로등 불빛만 서성인다. 서성이는 것들은 서성임으로 고독을 견디는 법이어서 멈추지 못하고 담을 따라 걷는다. 돈벌이에 지친 살림살이가 좁은 담과 담 사이를 따라 길이 되어 흐른다. 돌아앉은 등뼈와 등뼈 사이에서 기도할 의미조차 상실한 길이 고개를 수그린다. 골목길이 꾸부정 걷는다. 반듯하게 걸을 수 없어서 골목길이 내뱉는 숨소리는 고달프다. 비틀리고 꾸부정한 골목길을 걸을 때, 걷는 것들의 어깨는 담과 담의 틈에 짓눌려 주눅이 든다.

내 아버지는 오래전에 돌아오지 못할 길을 떠났다. 떠날 때,

아버지는 지금의 내 나이보다 한참 젊었다. 나보다 젊은 아버지가 세상을 떠난 건 암癌 때문이었다. 위장에서 시작한 암은 췌장과 소장을 따라 번지다가 길을 잃고 사방으로 흩어졌다. 흩어진 암세포들은 죽지 않고 끈질기게 살아남아서, 멀쩡해야 할 정상 세포를 차례로 죽였다. 세 번째로 수술대에 올랐을 때, 의사는 손을 쓰지 못하고 열었던 수술 부위를 그냥 덮었다. 마약 성분이 첨가된 진통제를 처방받았음에도 퇴원한 아버지는 한 달을 버티지 못했다. 숨을 거둬들일 때, 아버지가 세상에 남긴 마지막 말을 나는 알아듣지 못했다.

차마 닫을 수 없는 미련의 정체가 무엇이었을까. 아버지는 마지막 순간까지 한쪽 눈을 감지 못했다. 영화의 한 장면처럼 나는 아버지의 눈을 쓸어내렸다. 그것으로 아버지와 나의, 아니 아버지와 세상의 작별이 종료될 거라 믿었다. 잘 가세요, 아버지. 암세포도 없고, 수술도 없고, 진통도 없는 나라로 편히 가세요. 하지만 경직된 아버지의 눈꺼풀은 쉽게 닫히지 않았다. 감지도 뜨지도 못한 아버지의 한쪽 눈을 보고 있자니 덜컥 설움이 북받쳤다. 먼저 울음을 터뜨린 건 여덟 살짜리 막냇동생이었다. 막내는 맨발을 동동거리며 마당에서 울었다. 아버지, 죽지 마. 아버지, 죽지 마. 막내는 마당에서 울고 나는 방에서 울었다.

통행금지가 있던 시절이었지만 아버지에겐 '해당 없음'이었다. 택시회사 경리과장으로 일하던 아버지는 통행금지를 단속하던 방범대원들이 술동무였다. 택시기사들은 밤 열두 시(통행금지)가 임박해서야 사납금을 맞추고 차고지로 돌아왔다. 아버지는 사납금 액수를 장부에 기입하고, 미수금을 제한 입금 총액을 금고에 보관한 뒤에야 일을 마감했다. 통행이 금지된 거리에는 아버지와 방범대원들밖에 없었다. 아버지는 그들을 잡아 끌고 불 꺼진 술집 유리문을 두드렸다. 술이 술을 부르고 불려온 술을 따라 암세포가 숨어들었다. 아버지가 그랬듯 숨어든 암세포 또한 통행금지와 무관했다.

길은 시작과 끝의 방향이 개별적이다. 입구와 출구가 지향하는 방향이 서로 달라서 모이지 못하고 흩어진다. 그래서 길이다. 그렇게 생겨난 길이라서 길은 만남보다 헤어짐에 어울린다. 아마도 그래서일지 모른다. 길이라는 말을 처음 만들 때부터, 헤어지는 순간을 염두에 두고 길이라 부르기로 약속했을지도. 머릿속으로 길이라는 글자를 떠올리며 소리 내보면 길이라는 말에 담긴 뜻이 저절로 그려진다. 길…, 길이라는 말은, 말이 담고 있는 거리와 공간이 멀고 낯설어서 안으로 다가오지 못하고 바깥으로 흩어진다.

그럼에도 어쩔 수 없다. 그런 것이 길이라고 해서 길 아닌 것만 골라 걸을 순 없으니까. 나는 오늘도 어김없이 길 앞에 선다. 서서, 길을 따라 둥둥 떠내려가는 이 세상 사람들의 어깨를 본다. 보면, 불현듯 저세상으로 떠나간 아버지가 떠오른다. 뜨지도 감지도 못한 아버지의 한쪽 눈과 끝내 해독에 실패한 아버지의 유언이 길을 따라 뚜벅뚜벅 걸어온다. 숨이 턱 막히다가도, 작별을 겪어낸 것이 어디 나 하나뿐이랴 싶어 발끝에 힘을 준다. 아, 길 위를 떠가는 저 많은 아버지와 어머니의 발걸음들. 어느 것 하나 작별을 예고하지 않는 게 있는가. 작별은 되돌릴 수 없는 불가항력이다.

작별하기 전에 후회 없이 사랑하자. 작별은 연습이 없고, 기다려주지도 않는다.

감^感

전화가 왔다. 아내다. "있잖아
요." 이렇게 서두를 꺼내실 때는 무언가 있다. 아니나 다를까. 저
녁식사 자리에서 있었던 막내아들과의 설전舌戰을 녹화방송처
럼 풀어놓는다. 그분께서, 사전광고도 없이 본론으로 들어가셨
을 때는 묵묵히 들어야 한다는 걸 이젠 감으로 안다. – 결혼 27
년 차 중년남성의 지극히 당연한 깨달음이다.

아내의, 그러니까 내게는 하늘 같으신 분의 말씀은 빨랐다.
도발은 막내가 먼저 시작했다는 것을 누차 강조하셨다. 그래서
일까. 말씀 도중에 "수능이 벼슬이야?"라는 추임새를 자주 언급
하셨다. 고3 수험생 엄마의 노곤함에 보상심리가 결합된 추임새
였다. 이 대목 또한 묵묵히 듣고 있어야 신상에 이롭다는 걸 잘

안다. - 말했던가? 결혼 27년 차 중년남성의 감과 통밥을.

아내는 끈질기게 물고 늘어지던 막내아들에 대해 내게 증언하셨다. 증언은 막내아들의 말투까지 흉내 내며 사뭇 진지하였다. 일일연속극의 영향 때문일까. 전화기 너머의 아내는 연기에 몰입한 중견배우 같았다. 증언에 몰두한 나머지 감정이 업 되시며 "누구를 닮아서 그 모양인지…." 말꼬리를 흐리기도 하셨다. - 나는 그때마다 '저를 닮았겠죠'라고 답했다.

막내는 수능이 끝났는데 왜 알바가 안 되냐며 포문을 열었다고 했다. 그럴 거면 왜 주민등록증을 발급해줬냐며 정부를 성토한 다음, 수능이 끝난 자에 한해서는 미성년자라도 알바를 할 수 있도록 법을 개정하라고 국회를 향해 손가락질을 하였단다. 그분께서는, 그 꼴을 보고 있자니 피는 못 속이는 게 틀림없다고 못을 박았다. - 그놈 참, 어쩌자고 그런 말을 해서.

그리곤, 용돈 인상 요구안을 들이밀었다나? 막내는 사안의 불가피함과 시급함을 동시에 강조하였다고 했다. 수능이 끝나 오전수업밖에 없는 즈음, 여자 친구와의 데이트 비용도 만만찮다며 강짜를 부렸다는 것이다. 막내라서 더 그랬을까. "다 키워

났더니 같잖아서." 내뱉는 그분의 혼잣말이 가늘게 떨렸다. - 그런 건 말하지 않는 게 좋았을 텐데. 역시 막내는 감이 딸린다.

아내의 말마따나, '씨도 안 먹힐 소리'였다. 협상은 결렬되었고 용돈은 현재 금액 그대로 동결되었다. 아내는, 그러니까 전화기 저편의 그분께서는, 협상 과정에서 들먹였던 막내아들의 주장을 조목조목 반박하셨다. 반박을 하실 때마다, "어이가 없어서", "쪼끄만 게", "까져가지고", "어쩌고 어째?", 라는 말씀을 잊지 않으셨다. - 막내아들의 아비인 나에게 말이다.

전화를 끊기 직전, 그분께서 최종적으로 내게 하문하셨다. 당신 생각은 어때요? 하지만 나는 잘 안다. 그분과 함께 살아온 날이 하루 이틀인가. 그분이 원하는 것은 질문에 대한 답이 아니라 리액션이지 않던가. 나는 그분의 질문이 떨어지기 무섭게 말했다. 말해 뭣합니까. 당신 생각이 제 생각이지요. - 나는 아내와 함께 실컷 막내를 디스했다.

전화 말미의 아내 목소리는 부드러웠다. 심지어 "막내라서 그런지 귀여운 구석도 있어요"라는 말씀까지 하셨다. 입이 간지러웠지만, 나는 "용돈 좀 올려주시지 그러세요"라는 말을 끝내

하지 못했다. 통화는 어느덧 삼십 분을 넘어서고 있었다. 가족끼리는 무제한 통화요금제라는 사실이 그나마 위안이었다. – 놀랍다. 전화를 오래 해도 배가 고파진다.

나

어제 막내아들이 수시 면접을 보고 왔다. 전화기 너머의 막내에겐 힘이 없었다. 준비했던 예상 질문과 동떨어진 면접이었다고 했다. '판에 박힌' 면접을 피하라고 조언했는데, 결과는 '판에 박힌 면접'이었노라 답했다. 서류심사에 통과한 뒤부터 막내의 목소리에 조바심이 역력했다. 가채점 결과 최저기준은 넘겼다고 했다. 전형으로 뽑는 최종 인원은 셋인데 서류심사에 통과한 아이들은 아홉이라고 했다. 제 깐에도 부담이 되는 면접일게 빤했다.

자기소개서를 쓰고, 예상 질의에 대한 답변을 정리하며 막내는 일주일을 보냈다. 담임은 물론 진학 담당교사의 조언도 받았다고 했다. 그런데 면접을 이틀 앞두고 아내로부터 SOS가 왔다. 영 자신 없어 한다는 전언이었다. 암기과목처럼 달달 외워서 풀어놓는 것은 자기소개가 아니다. 하지만 아내가 메일로 보낸 막내의 자기소개서 내용은 그랬다. 고등학생의 자기소개서는 다 이래야 할까? 윤리나 도덕 교과서의 모범답안을 읽는 느낌이었다.

가끔 아이들이 쓴 글을 심사할 일이 생긴다. 독후감이든 글쓰기든, 아이들이 쓰는 대부분의 글에는 스스로 정한 모범답안이 있다. 학원에서 가르치는지 선생의 조언인지 모르겠으나 그래야 좋은 점수를 받을 거라 믿는 눈치다. 그 눈치가 대학 신입생을 뽑는 자리까지 이어진다면 학교나 학생 모두에게 불행한 일이다. 판에 박힌 듯 '빤한' 모범답안을 들고 모든 학생들이 똑같은 자기소개를 한다고 생각해 보자. 아, 얼마나 아찔하고 불편한 일인가.

전화에 대고 막내아들에게 오래도록 용기를 북돋웠다. 가능하면 다시 준비하기를 권했고 그러겠노라는 답을 들었다. 면접을 하루 앞두고 다시 쓴 자기소개서를 메일로 받았다. 엉뚱하고 코믹한 발상의 내용이었지만 막내답다는 생각이 들었다. 시작은 김수영 시인의 대표작 「풀」 한 구절을 낭송하는 것이었다. 그리곤 "저는 잡초 같습니다"라고 자신을 소개했다. 끈질긴 근성을 풀과 잡초에 비유한 내용이었는데, 겸손과 위트가 당돌함을 보듬어 안는 모양새였다.

그러곤 면접이었는데, 자기소개 없이 곧장 질문의 연속이었다고 했다. 그나마 예상했던 질문이 몇 개 있어서 다행이라고 덧붙였다. 안쓰럽지만 어쩔 수 없는 일이다. 그것이 대한민국의 입시제도이고 교육 현실이니까. 막내와 함께 면접실 앞에 대기했을 여덟 명의 아이들에게도 응원을 보낸다. 최종합격자 명단에 이름이 없어도 너희 잘못이 아니다. 너희들의 감춰진 능력을 발견하지 못한 어른들의 잘못일 뿐이다. 어른들을 쉬 용서하지 말고, 언젠가 이 땅의 교육제도를 벌해라.

오늘은 저녁을 먹고 산책을 했다. 산기슭을 따라 걷다가 닭 울음소리와 만났다. 닭은 보이지 않고 닭 울음만 산 너머에서 푸드덕거렸다. 몸만 떠났을 뿐, 마음은 여전히 도시를 배회해서일까. 산방에 묵은 지 한 달이 다 되도록 원고는 여전히 제자리걸음이다. 어떻게 해야 원고지를 채울 수 있을까. 개울을 건너다 수면에 비친 나를 보며 물었지만 답을 얻지 못했다. 나는 그저 흘러가는 물결 따라 흔들리고 있을 뿐이다.

꿈

꿈을 꾸고 싶었다. 멀고도 아
득해서 우리의 언어로는 해독할 수 없는 꿈을 꾸고 싶었다. 그럴
때의 꿈은, 그러니까 멀고도 아득해서 언어로도 해독할 수 없는
꿈은, 상식과 관념과 교육으로는 그려낼 수 없는 꿈이었다. 배우
고 암기한다고 해서 감히 꾸어질 수 없는 꿈, 나는 베개를 품고
이불 속에 몸을 밀어 넣을 때마다 그런 꿈을 꾸게 해 달라고 속
으로 빌었다. 혹은 간절하게, 혹은 명령조로, 밤하늘에 대고 빌거
나 소리쳤다.

억지로 눈꺼풀을 내려 닫고 잠을 청해 보았지만, 내가 그리
던 꿈은 머릿속 어디에도 그려지지 않았다. 아, 다시 생각해도
빌어먹을 꿈이라니. 멀고도 아득해서 언어로도 해독할 수 없는

꿈은 끝내 나에게 찾아와 주지 않았다. 뜨문뜨문, 어려서 죽은 아버지만 꿈에 나타나 취한 목소리로 〈아빠의 청춘〉을 불렀다. 아버지가 꿈에 나온 날 아침이면 목이 잠겨서 쉬 말이 나오지 않았다. 오줌을 눌 때도 술 냄새가 나는 것 같았다.

꿈을 꾸고 싶었다. 아이들이 '해리포터'와 '나니아 연대기'를 읽기 시작할 무렵이었다. 아이들은 판타지 세상에 빠져들었고 나는 아이들의 눈빛에 빠져들었다. 판타지에 몰입했을 때, 아이들의 눈빛은 아침 햇살을 머금은 이슬방울처럼 고요했다. 이슬방울 속에는 어디서도 본 적 없는 세상이 펼쳐졌는데, 아이들은 너무도 태연하게 또 다른 세상의 숲길을 거닐었다. 아이들의 고사리손이 책장을 넘길 때마다, 이슬방울 안에 갇힌 세상의 시간이 거꾸로 흘렀다.

어쩌면 술기운 때문이었는지 모른다. 아빠가 판타지 동화를 써줄게. 손가락을 걸고 약속했을 때, 반짝거리던 아이들의 눈빛을 지금도 잊을 수 없다. 가난뱅이 글쟁이도 아비랍시고, 엄지손가락을 치켜들던 아이들의 모습이라니. 아이들은 아직 쓰지도 않은 아비의 동화 속 세상으로 한달음에 뛰어들었다. 유치원에 다니던 딸아이도, 초등학생이던 아들 녀석도, 제 아비가 쓰기로

한 판타지 동화를 자랑하고 다녔다. 자랑 속에 등장하는 제 아비는, 조앤 롤링보다 재미있고 위대한 사람이었다.

꿈을 꾸고 싶었다. 아이들의 자랑에 화답하는 아비가 되고 싶은 꿈이었다. 그러나 꿈은 손에 잡히지 않는 헛것이었고, 먹어야 살 수 있는 현실은 눈앞에서 생생했다. 다급한 것은 멀리 있는 꿈이 아니라 코앞에 닥친 현실이었다. 형제도 친척도 친구도 내게서 멀어져갔다. 그들이 보았을 때 나는 '아직껏 속 못 차린 삼류 글쟁이'에 불과했다. 처자식 그만 고생시키고 막노동이라도 하라며 손가락질하는 사람도 있었다. 그런 날이면, 길을 걷는 모든 이가 나를 향해 악을 쓰는 환청에 시달렸다. 방에 들어와 창문을 닫아도 소리는 벽을 뚫고 들어왔다.

글을 쓰는 것은 노동이 아닌가. 나는 그것 또한 막된 노동이라는 걸 증명하고 싶었다. 밥으로 바꿀 수 있는 글이라면 마다하지 않았고, 돈으로 교환할 수 있는 원고라면 가리지 않았다. 매절 계약도, 발표 지면도, 장르나 매체도 기준을 두지 않았다. 그렇게 막된 노동을 하며 손가락질하는 세상을 살아냈다. 살아내는 일은 나만의 것이 아니어서, 아내와 아이들 또한 버티고 견디는 일이 일상이었다. 그러는 사이에 아이들은 어른이 되었다.

꿈을 꾸고 싶었다. 아이들과 했던 약속을 지켜내는 꿈을. 하지만 약속에 묶인 꿈은 철 지난 것이어서 돌이킬 수 없었다. 어른이 된 아이들은 더 이상 동화를 읽지 않는다. 문화생활을 위한 지출계획서에도 동화라는 항목은 없다. 토익^{TOEIC}과 피셋^{PSAT}과 전공서적이 동화가 사라진 자리를 차지한 지 오래다. 이렇게 아이들의 꿈은 사라지고 마는 걸까. 세상살이의 언어로는 해독할 수 없는, 멀고도 아득한 꿈은 지워지고 마는 걸까. 아니, 그럴 순 없다.

나는 오늘 다시 꿈을 꾼다. 상식과 관념과 교육으로는 그려낼 수 없는 꿈을 꾼다. 배우고 암기한다고 해서 감히 꾸어질 수 없는 꿈을 어른이 된 아이들을 생각하며 다시 꾼다. 기호로도 정의할 수 없고 실체로도 증명할 수 없는 이슬방울 같은 꿈을 꾼다. 이십여 년 전, 손가락 걸고 약속했던 이야기를 먼길을 돌아온 지금 이제야 쓴다. 어른이 되어버린 아이들을 생각하며 동화로 쓰고자 했던 이야기를 소설에 담는다. 판타지 소설을 쓴다.

산기슭에 기대고 앉아, 새롭게 꿈을 쓴다.

졸 ^卒

딸이 중환자실에 도착했을 때, 어미는 아직 숨이 붙어있었다. 어미의 숨과 맥을 뛰게 하는 것은 에크모^{ECMO}라는 기계였다. 기계는 밖으로 빼낸 어미의 피에서 이산화탄소를 걸러내고 산소를 불어 넣어 몸속으로 돌려보냈다. 기계를 거쳐 다시 돌아온 피는 찐득하게 뭉치며 쉽게 굳었다. 굳은 피로 혈관이 막히는 걸 방지하기 위해서, 기계는 혈액응고억제제를 함께 투여했다. 출혈이라도 생기면 지혈이 되지 않을 게 빤했지만, 앞뒤 가릴 처지가 아니었다. 기계는 어미를 이승에 붙잡아두는 마지막 수단이었다.

어미는 똑딱선을 타고 섬으로 시집왔다. 한국전쟁에 참전했던 열여섯 개 나라 군대가 철수하던 해 겨울이었다. 그해 봄에는 어머니날이 만들어지고 가을에는 화가 이중섭이 죽었다. 똑딱선에는, 신랑이 타는 조랑말도 신부를 태울 가마도 없었다. 혼수라야 솜이불 한 채와 요강단지를 담은 반닫이 장롱이 전부였다. 장롱을 짊어진 지게꾼은 똑딱선을 타자 힘을 쓰지 못했다. 토악질을 계속하던 지게꾼은 배가 섬에 이르렀어도 반듯이 설 수 없었다. 그가 다시 지게 작대기를 짚고 일어선 것은, 낙지 두 마리에 막걸리 한 주전자를 비운 다음이었다.

중환자실은 코로나 방역으로 들고 나기가 쉽지 않았다. 방역 복장으로 칭칭 동여맨 딸과 사위가 마지막으로 어미의 손을 잡았다. "엄마." 대답 없는 어미의 손은 차갑게 굳어있었다. "엄마, 나 왔어. 눈 떠 봐." 얼굴을 쓰다듬으며 볼을 비벼 보지만 어미는 끝내 눈을 뜨지 못했다. 어미의 삶은 기계와 연결된 화면 속에서 흔들리는 그래프로 존재할 뿐이었다. 이제는 보내드리는 게 어떻겠냐는 의사의 말에 딸의 목소리가 무너졌다. "울 엄마 안 죽었어요. 이렇게 숨을 쉬고 있잖아요." 어미는 그날을 넘기지 못하고 죽었다.

열아홉 살 어미의 청춘은 바다를 향해 정박했다. 외딴 섬에서의 시집살이는 각박했다. 씨를 뿌릴 논도 곡식을 거둘 밭도 없었다. 믿을 것이라고는 끝도 없이 아득한 바다뿐이었다. 바다는 새색시를 달래는 남편이었고 며느리를 재촉하는 시어미였다. 새색시는, 물이 들면 배를 타고 나가 멸치를 잡고 물이 빠지면 갯벌을 뒤져 바지락을 캤다. 새색시의 하루는 굶주린 바다를 향해 열렸다가 노곤한 바다 밑으로 기울었다. 바람이라도 부는 날 밤이면 새색시는 포구에 쪼그리고 앉아 친정이 있는 북쪽 하늘을 보며 울었다. 울음은 바다를 건너지 못했다.

장례 이틀째 입관을 했다. 수의를 입은 어미의 시신은 천장을 향해 반듯하게 누워있었다. 장례지도사라고 자신을 소개한 사내가 솜으로 어미의 얼굴과 귓속과 입술과 치아를 닦았다. 서늘한 공기를 타고 소독약 냄새가 번졌다. 얼마나 많은 이들의 마지막 가는 길을 지켜보았을까. 벽면 가득 덮고 있는 조화造花 위로 세월의 흔적이 하얗게 내려앉아 있었다. 파운데이션으로 얼굴의 기미를 지우고 빨갛게 어미의 입술을 칠할 때, 참았던 딸의 울음이 터졌다. "이쁘네. 울 엄마 화장하니까 저렇게 이쁘네." 울음이 어미를 따라 관속으로 걸어 들어갔다.

갓난아기를 남기고 뭍으로 도망친 전처前妻를 어미는 미워하지 않았다. 남겨진 아기를 들쳐업으며, 갈매기처럼 날아가고 싶은 심정을 속으로 삭였다. 그러든 말든 바다는 달을 따라 찼다가 기울고, 어미 또한 바다를 닮은 생명을 잉태했다. 어미는 섬을 포대기 삼고 갯벌을 아궁이 삼아 여섯 남매를 키웠다. 다 자라 시집 장가간 자식 셋이 차례로 세상을 떠날 때는 머리를 풀고 실성한 사람처럼 살았다. "죄 많은 년이 더 살아서 뭣 한다니." 입버릇처럼 말하던 어미는 먼저 간 자식들을 따라 아비의 무덤 옆에 묻혔다.

아내의 어미가 세상을 졸卒했다.

멸 滅

지난 주말, 가족과 영화 〈생일〉을 봤다. 참으려 애쓰다가 결국 울었다. 딸아이가 티슈를 손에 쥐여주었지만 부족했다. 울음은 돌림병처럼 극장 안을 맴돌았다. 영화가 끝났음에도 자리를 떠나지 못하는 사람이 많았다. 적막 속에서 눈물을 지우고 마음을 토닥였다. 첫째와 막내는 공부와 알바 때문에 함께 하지 못했다. 그런 이유로 함께 울지 못했다.

우리 부부의 생일은 결혼기념일이다. 아내의 제안으로 시작된 지 이십칠 년째다. 나는 추석 이틀 전에 태어났는데, 아버지도 같은 날 돌아가셨다. 생일이기 전에 기일이지 않은가. 결혼을 한 뒤, 아내와 나는 생일을 결혼기념일로 옮겨 함께 축하한다. 서로 감사하고 같이 기뻐한다. 가족으로, 새롭게 태어난 날이니까.

지난해, 산사에서 겨울을 보냈다. 지장전地藏殿에 붙은 작은 방에서 고독과 동거하며 살았다. 지장전에 붙은 방에는 생일生日은 없고 기일忌日만 가득했다. 그래서일까. 멸滅이 눈꽃으로 다시 피어나던 밤이면, 쉬 잠들 수 없어 아침은 길고도 멀었다. 깊은 어둠이 산길을 짓눌러 아침은 영영 돌아오지 않을 당신 같았다. 어제 보낸 겨울과 오늘 맞이한 겨울이 다르지 않고, 내일 맞이할 겨울 또한 다르지 않아서, 겨울은 처마 끝에 매달린 고드름 같았다.

지난 것은, 지난 것이라 아름답다. 사진에 박힌 순간의 기록처럼 영원한 것은 없다. 영원한 지금이란 존재하지 않는다. 살아 있던 그렇지 않던 마찬가지다. 그래서 공평하고 한편으로 다행이다. 아침은 밤이 지나야 온다. 지남을 서러워하지 말자. 설움은 지남에 있지 않고, 지나지 않으려 붙듦에 있으니까. 산사에서 지냈던 겨울, 가슴에 새겼던 시 한 편을 옮겨 적는다.

물

얼어붙은 물 위로 진눈깨비 흩날린다
시절은, 얼어붙은 물의 안과 밖에서 서로 고달프다
물 잃은 물새들이 발 담글 물을 찾아 길을 떠난다
떠나는 물새를 텃새 한 무리가 바라본다
지저귀는 부리 하나 없이 이별은 속절없다

얼어붙은 물 위로 진눈깨비 부서진다
물은, 내일보다 얕아 넘치지 않고 어제보다 깊어 마르지 않는다
넘치지 않는 물에 해가 머물고 마르지 않는 물에 달이 기운다
정월보름이면 누군가 물을 찾아 방생傍生을 한다
정월이 물에 깃들고 물이 보름을 품는다

물이 얼었다
방생한 물고기를 방생한 자라가 잡아먹는다

_ 고향갑

태 ^胎

잘 모르겠다. '태어남'의 어원
이 태^胎와 관련이 있는지. 탯줄을 끊고 왈칵 울음 쏟는 순간을
태어난다고 하는 건지. 알 수 없는 건 그때나 지금이나 여전하지
만, 기억 한 토막이 남아있는 건 분명하다. 내 나이 열두 살이었
을까. 어머니는 막냇동생을 집에서 혼자 낳았다. 옆 마을에서 불
러온 산파가 어머니 곁을 지켰다. 산통^{産痛}을 참는 어머니의 흐
느낌이 창호지를 뚫고 흘러나올 때, 여동생과 나는 어미 잃은 강
아지처럼 마당을 배회하였다.

아마도 그날 석양 무렵이었을 것이다. 아버지를 따라 집을
나섰다. 아버지 손에 들려있는 작은 옹기가 태^胎항아리라는 것
을 그때는 몰랐다. 걸음을 멈춘 곳은 바다와 강이 만나는 널따란

갈대숲이었다. 새끼줄로 촘촘히 여민 항아리를 아버지는 강물에 떠워 보냈다. 강물이 바람에 여울질 때마다 항아리 뚜껑이 달그락거렸다. 바다로 흘러가지 못하고 가라앉을 것 같아 애가 탔다. 노을 진 강물에 아버지를 따라 손을 씻었다. 까닭도 없이 눈물이 났다.

그때의 기억이 다시 살아난 것은 상급학교에 진학해서였다. 생물이었을까 화학이었을까. 혈액형에 대해 배우면서, 강물에 떠워 보냈던 항아리가 생각 안으로 되돌아왔다. 신비로운 일이 아닐 수 없었다. 혈액형이 다른 피를 수혈輸血하면 죽는다는데, 배 속의 태아는 혈액형이 다른 엄마 배 속에서 어떻게 살 수 있을까. 궁금증은 탯줄과 태반의 신비를 통해 해결되었지만, 생각은 태항아리를 떠워 보냈던 갈대숲 언저리를 한없이 맴돌았다.

조상이라고 부를까 어른이라고 칭할까. 그 이들은 배 속의 태아胎兒를 엄마와 독립된 별개의 생명으로 인식했다. 별개의 생명이라 여겼으니 배 속 나이를 인정하는 것도 당연했으리라. 그래서 우리는 태어나는 순간 나이 한 살을 먹는다. 어머니 배 속에서 살았던 태아의 나이를 물려받아서 말이다. 서양식 나이와 우리 나이의 차이가 거기에서 생긴다. 서양에서는 태어난 날로부터 일 년이 지나야 한 살이 되지만 우리는 그렇지 않으니까.

강의 뿌리는 산에 있다. 한없이 흐르는 강의 근원이 산에 고인 작은 샘에 있음은 아이러니다. 고여야 흐르는 것인지, 흐르기 위해 고이는 것인지. 나는 가끔 내 기억의 출발을 찾아 강을 거슬러 오르곤 했다. 내 기억이 처음 고이는 산속 옹달샘은 어디일지. 물살을 거꾸로 거스르는 연어처럼 헤엄쳐 보지만 결국 도달하지 못하고 실패했다. 탯줄을 자르는 순간, 배꼽만 남고 기억은 사라지는 게 우주의 섭리일까. 그래 어쩌면 그래서 실패하는지 모른다.

한 달째 텔레비전을 끊었다. 그래도 바깥소식은 완전히 끊어지지 않는다. 정인이의 죽음을 보며 사람이라는 동물의 무서움을 다시 곱씹는다. 하긴, 사람이라는 동물의 매정함이 어디 그것뿐일까. 우리나라에서만 한해 십삼만 마리의 반려동물이 길에 버려진다고 한다. 함께 살던 개와 고양이를 길에 버리는 사람들은 어떤 마음일까. 궁금하기는 애완동물을 파는 매장을 지날 때도 마찬가지다. 진열장에 갇힌 저 어린 것들을 사고파는 게 반려伴侶일까.

값으로 매겨지는 순간 생명은 사라지고 상품만 남는다. 상품으로서의 반려동물은 움직이는 장난감과 다를 게 없다. 부서지거나 싫증 난 장난감을 쓰레기통에 버린다고 어찌 탓하겠는가. 쓰레기더미와 함께 폐기하지 않고 길가에 내버림을 차라리 인간적이라고 칭찬해줘야 하지 않겠는가. 그런 세태의 반영일까. 산업연구원이 발표한 자료도 '반려동물 시장현황'이 제목이다. 내용에 따르면, 올해 반려동물 시장은 5조 8천억 원 규모로 성장할 전망이다. 이제는 반려伴侶도 소비가 되는 세상이다.

3장

그늘에

핀

꽃

인ʌ

　수상한 이메일이 날아왔다. 수신인은 '소혹성 B612에 사는 어린왕자'였고, 발신인은 '지구별을 여행하는 늙은 왕'이었다. 어떻게 이 수상한 메일이 '소혹성 B612에 사는 어린왕자'에게 가지 않고, 내 메일함으로 날아들었는지 알 길이 없다. 스팸메일로 신고를 하였지만, 어느 곳에서도 사건접수를 해주지 않아 신문을 통해 수상한 이메일의 원문을 공개한다.

－ 지구별 여행 108일째.(흐림, 미세먼지 때문이라는데 그게 뭔지 모름)

　어린왕자야. 코끼리를 삼킨 보아뱀을 그려줬다는 인간(비행기 조종사)은 오늘도 찾지 못했다. 네가 그려준 얼굴 그림이 있지만, 마스크란 것으로 입과 코를 가리고 살아서 인간의 얼굴은

구별하기가 힘들구나. 도움이 될까 싶어 텔레비전이라는 것을 보다가 지구별에 사는 무서운 동물들에 대해 알게 되었다. 이름을 대자면, 호랑이, 사자, 곰, 악어, 뱀, 상어 같은 것들이다. 그 동물들이 사는 곳에서 해마다 몇 명의 인간이 목숨을 잃는지 숫자를 알려주며, 그 지역을 여행할 때는 각별히 주의하라는 말도 하더구나.

어린왕자야. 혹시 너에게 그림을 그려준 인간도 동물들에게 잡아먹히지는 않았을까 걱정이 돼서 서둘러 찾아 나섰단다. 못된 동물들을 벌주기 위해 만들었다는데, 인간들은 그곳을 '동물원'이라고 부르더구나. 그곳에 갇힌 동물들은, 인간을 죽이고 놀라게 한 죄를 받기 위해 좁은 우리 속에 갇혀서 살고 있는데, 그 누구도 자신의 죄를 반성하지 않더구나. 오히려 목청껏 억울함을 호소하며 자신들보다 수천 배 무서운 동물이 있다고 떠드는 게 아니겠니. 그래서 이 늙은 왕이 직접 물었지. 도대체 그 무서운 동물의 정체가 무엇이냐고.

어린왕자야. 그랬더니 지구별 곳곳에 살고 있는 무시무시한 동물들에 대해 알려주더구나. 이름을 대자면, 황인종, 흑인종, 백인종, 아시아인, 유럽인, 아프리카인, 아메리카인 등이었다. 그리고는 그들이 사는 곳에서 해마다 몇 마리의 동물들이 잡아먹히는지 숫자를 말해주더구나. 아, 그런데 그 숫자가 믿기지 않아서. 놀라지 마라, 어린왕자야. 한해에 그들에게 잡아먹히는 동물이 5백 3십억 마리에 이른다는구나. 1초에 1천 6백 8십 마리꼴로, 한 시간이면 6백만 마리, 하루에는 1억 4천 5백만 마리씩 잡아 먹힌다는구나 글쎄.

어린왕자야. 네가 생각하는 것처럼 지구별은 아름답고 평화롭지만은 않은 것 같구나. 동물원에 갇힌 호랑이가 그 무시무시한 동물의 생김새를 발가락으로 땅에 그려서 보여줬는데, 인간들의 모습과 비슷해서 걱정이 되는구나. 설마 그 무시무시한 동물의 정체가 인간은 아니겠지? 그 끔찍한 동물들은 자신의 종족도 이유 없이 죽인다고 하던데. 전혀 배가 고프지 않은데도 말이지. 아, 동물원을 나서려는데 등 뒤에서 사자가 그러더구나. 미얀마라는 곳에서는 지금도 제 종족을 수없이 죽이고 있다면서, 그곳으로는 여행을 가지 마라더구나.

어린왕자야. 그런데 요즘은 왜 답장이 없니. 어제는 내 전화를 해킹했으니 정보가 털리기 싫으면 비트코인을 자기 계좌에 입금하라는 메일이 왔던데. 그게 뭔 소린지 너는 아니? 그런 시

답잖은 편지가 왜 내 메일로 들어왔을까. 답답하니 빨리 답장을 다오.

법 ^法

할머니가 법정에 섰다. 죄명은
절도였다. 범행 장소는 동네 상점이었고 훔친 물건은 몇 봉지의
빵이었다. 잡혀간 경찰서에서, 할머니는 며칠째 굶고 있는 손자
들 때문에 빵을 훔쳤다고 진술했다. 딸은 병들어 누웠는데 집 나
간 사위는 연락조차 없다고 덧붙였다. 딱한 사정이었음에도 상
점 주인은 처벌을 원했다. 본보기를 위해서라는 게 이유였다.

범죄 사실과 함께 범죄 동기 또한 법정에서 다시 진술되었
다. 방청석이 술렁였다. 출입기자는 '현대판 장발장 사건'이라며
기사를 작성했고 방청객들은 판사의 선처를 기대했다. 하지만
판결문을 읽는 판사의 말투는 단호했다. 법에는 예외가 있을 수
없어서 처벌할 수밖에 없다는 게 이유였다. 판사는 할머니에게

10만 원의 벌금형을 내렸다.*

판결문을 다 읽기도 전에 방청석이 요동쳤다. 돈이 없어 빵을 훔친 할머니에게 10만 원의 벌금형은 가혹한 처벌이었다. 벌금을 내지 못한다면 교도소에 들어가 노역을 해야 할 형편이었다. 성토의 목소리가 판사를 향해 쏟아졌다. 손가락질을 하며 유전무죄 무전유죄有錢無罪 無錢有罪를 외치는 사람도 있었다. 판사는 망치를 두드려 소란을 잠재우고 나머지 판결문을 읽었다.

"배고픈 이웃이 거리를 헤매는데, 나는 기름진 음식을 배불리 먹었습니다. 그 죄로 10만 원의 벌금형을 나 자신에게 내립니다. 아울러 본 법정에 있는 검사와 변호사, 교도관과 방청객 모두에게도 5천 원의 벌금형을 내립니다. 생존을 위해 빵을 훔쳐야 할 만큼 어려운 이웃이 있는데, 아무런 관심도 갖지 않은 것은 우리 모두의 책임입니다."

판결문을 모두 읽고 난 뒤, 판사는 지갑에서 10만 원을 꺼내 봉투에 담았다. 그러곤 봉투를 방청석으로 넘기며 뜻이 있는 사람은 벌금을 내달라고 부탁했다. 법정에 있던 수십 명의 경범죄 피의자들과 교통법규 위반자들, 검사와 변호사, 경찰과 교도관들도 기꺼이 주머니를 털어 벌금을 내놓았다. 얼굴이 붉어진 상점 주인조차 5천 원 벌금 대열에 합류했다.

그렇게 걷힌 돈은 57만 5천 원이었다. 판사는 벌금 10만 원을 제외한 나머지 47만 5천 원을 빵을 훔친 할머니에게 전달했다. 그 순간, 법정 안에 있던 모든 사람들이 자리에서 일어나 판사를 향해 박수를 보냈다. 1935년 1월, 미국 뉴욕의 야간법정에서 있었던 일로, 판사의 이름은 피오렐로 라과디아$^{Fiorello\ La\ Guardia,\ 1882\sim1947}$였다.

세상이 흉흉해서일까. 법^{法}이 국민들의 입방아에 자주 오르내린다. 검사와 판사의 이름이 거론되고 검찰과 사법부의 개혁을 바라는 사람도 많다. 2020년 오늘, 이 땅에서 한국판 '피오렐로 라과디아'를 기대하는 것은 지나친 욕심일까.

● 1935년 1월, 라과디아 판사가 할머니에게 내린 벌금형은 10달러, 방청객에게 내린 벌금은 50센트, 걷힌 돈은 57달러 50센트였다. 우리 실정에 빗대어 화폐 단위와 액수를 임의로 바꾸었음을 밝힌다.

그

시간은 기억나지 않는다. 술집 문을 막 열고 나서다가 그와 눈이 마주쳤다. 그는 골목길 담벼락에 등을 기대고 앉아 있었다. 가로등 불빛이 기대앉은 그의 머리 위로 굴러떨어졌다. 말끔한 코트 차림의 중년 사내였다. 차림새만 보아서는 지린내 나는 골목 담벼락과 어울리지 않았다. "왜, 이러고 계세요?"라고 물었을까. 정확히 무어라고 하면서 그의 옆에 앉았는지 기억이 없다.

그는 손가락으로 앞에 놓인 소주병을 가리켰다. 그리곤 말이 없었다. 그의 시선은 나를 향하지도 소주병을 향하지도 않았다. 목적지를 알 수 없는 그의 시선은 세상살이에 쫓긴 도시 너머 어딘가로 향했다. 그가 바라보는 또 다른 세상은 어떤 곳일까. 갑

자기 그가 측은했다. 아니, 측은해 보여서 좋았다. 측은한 것들은 측은한 것들의 심정을 본능으로 느낄 수 있어서, 그의 측은으로 나의 측은을 달래고 싶었는지도 모른다.

나는 조잘거렸고, 그는 빈 종이컵에 소주를 채워 내 앞에 내려놓았다. 비움과 채움이 반복되었다. 측은이 측은을 채우면 다른 측은이 측은을 비웠다. 채우고 비우는 측은들의 행동은 한동안 계속되었다. 내가 마실 때면 그가 말을 했고, 그가 마실 때는 내가 주절거렸다. 골목길 담벼락에 기대고 앉아 어깨동무도 했었던가. 집으로 돌아오는 택시 안에서 그와 나는 주고받은 전화번호로 서로의 안녕을 빌었다. 그 역시 택시 안이라고 했다.

집으로 돌아온 나를 보며, 아내는 "미쳤어"를 연발했다. 비틀거리는 나를 방안으로 이끌 때 그랬고, 바지와 코트에 얼룩진 흙을 털 때 그랬고, 그와 보낸 골목길에서의 시간에 대해 전해 들을 때도 그랬다. 아내는 "미쳤어"를 내뱉을 때마다 내 등짝을 후려쳤는데, 그와 골목길에서 보낸 시간에 대해 전해 듣는 대목에서 후려치는 손매가 제일 드셌다. 그 순간에는 "이 사람이 진짜"라는 말도 덧붙였던 것 같다. 아내의 "미쳤어"는 다음날 아침까지 계속되었다.

미치지 않고는 살기 힘든 세상이다. 온통 하나에 미쳐서 살아야 성공한다는 사람도 있다. 그럴 때의 미침은 아내가 뱉은 미침과는 결이 다른 것일까. 그와 나눈 통화기록을 보며 그런 생각을 했다. 그의 전화번호를 차마 지우지 못하고 '새로운 연락처'에 저장했다. 저장할 때, 성도 이름도 몰라서 그냥 '그'라고만 입력했다. 저장하고 나자 카카오톡에 그가 새로운 친구로 등록되었다. 카카오톡 배경화면 속의 그는 가족과 함께 활짝 웃고 있었다.

살다 보면 누구나 어두운 골목길에 한 번쯤 주저앉을 때가 있다. 일부러 드러낼 일은 아니지만 그렇다고 애써 감춰야 할 무엇도 아니다. 주저앉는 순간이 있어야 털고 일어날 순간도 생긴다. 주저앉음을 두려워하지 말자. 골목이든, 놀이터 미끄럼틀이든, 화장실 바닥이든, 그 어디든 무슨 상관이랴. 들키지 않으려 애썼을 뿐, 나는 수도 없이 주저앉았다가 다시 털고 일어났다. 그 또한, 겨울을 털고 일어나 봄을 향해 나아갔을 것이다.

그러면 됐다. 주저앉아야 할 것은 우리가 아니라 겨울이니까.

연 蓮

연꽃은 나흘만 핀다. 피는데 하루, 지는데 하루, 활짝 핀 연꽃이 세상과 만나는 시간은 이틀 뿐이다. 개중에는 하루만 피는 연꽃도 있다. 새벽처럼 꽃잎을 열어서, 아침이면 활짝 피었다가, 해가 기울기도 전에 꽃잎을 닫는다. 노랑어리연꽃이 그렇다. 그래서일까. 연꽃은 사는 곳을 가리지 않는다. 진창이든 흙탕이든 기꺼이 뿌리를 내린다. 뿌리 내린 연꽃은 혼탁함에 물들지 않고 주변을 정화한다. 어둠을 밀어내고 빛으로 피어나는 꽃 그것이 연꽃이다.

여기, 연꽃 같은 사람들이 있다. 별을 보며 하루를 열었다가 달을 등지고 하루를 닫는 사람들이 있다. 병원이든 대학이든 지하철이든 어디든, 사람이 모이는 곳이면 당연히 피는 꽃이 있다.

백화점이든 지하상가든 공공기관이든 어디든, 사람이 꼬이는 곳이면 어김없이 피어나는 꽃이 있다. 먹고 마시고 쓰고 버려지는 아수라장에서 멸시와 천대를 쓸어 담아 세상을 정화하는 연꽃들이 있다. 우리는 그 연꽃을 '청소노동자'라고 부른다.

사람들은 참 우습다. 흙탕물에 핀 연꽃은 거룩하다고 하면서, 세상을 정화하는 연꽃은 거들떠보지도 않는다. 흙탕물에 핀 연꽃은 차로 우려 마시면서, 수술실에서 나온 피와 고름을 치우는 사람들은 더럽다고 한다. 흙탕물에 핀 연꽃 이파리에는 밥을 싸 먹으면서, 공중화장실의 변기를 청소하는 사람들은 냄새난다고 한다. 더럽고 냄새나는 것은, 똥과 오줌을 싸고 지리는 사람일까, 대신해서 닦고 치워주는 사람일까.

연못에 핀 연꽃은 영롱하지만, 세상에 핀 연꽃은 눈에 보이지 않는다. 흙탕물 바닥에 뿌리내린 연꽃처럼 청소노동자들은 도시의 가장 어두운 곳에 뿌리를 내린다. 중환자실 옆 계단 밑에 커튼을 치고 들어앉았거나, 화장실 비품창고 바닥에 전기장판을 깔고 앉아서, 쉬고 먹고 옷을 갈아입는다. 승객용 대신 화물용 엘리베이터를 이용해야 하고, 큰 손님이라도 방문할 때는 죽은 듯이 숨어 있어야 한다. 그래서 청소노동자는 투명인간이다.

새벽 첫차를 타고 출근하는 사람 가운데 열에 여덟은 여성 청소노동자다. 그들 가운데 일곱은 비정규직이고 평균 월급은 117만 원이다. 누군가에게는 아내이고 엄마인 그들이 도시가 싸지른 쓰레기를 치운다. 남자화장실 소변기에 쭈그리고 앉아 지린내 나는 변기를 손으로 닦는다. 힐끔거리며 바지 지퍼를 내리는 사내들 틈에서 투명인간이 되어 청소를 한다. 지하철역에서 버스터미널에서, 남자화장실이 있는 온갖 빌딩에서, 수치와 치욕을 삼키며 변기를 닦는다.

연꽃은 나흘만 핀다. 피는데 하루, 지는데 하루, 활짝 핀 연꽃이 세상과 만나는 시간은 이틀뿐이다. 청소노동자들의 목숨도 다르지 않다. 최근 LG 트윈타워 청소노동자들이 해고당했다. 갑질과 처우개선을 요구하며 노조를 결성한 게 해고 사유였다. 건물에서 쫓겨날 때, 관리자들은 "늙은 년들이 노조는 무슨", "일하기 싫으면 나가"라며 밀어냈다. 참으로 무지한 말이다. 그녀들은 이년, 저년이 아니라 LG 트윈타워를 정화淨化시켜온 거룩한 연蓮이다.

헛

지나간 시간들이 발길을 멈추게 합니다. 잊고 있었던 기억들이 고개를 듭니다. 혹은 서럽고 더러는 설렌 추억입니다. 바늘 끝에 선 청춘이었다고나 할까요. 지금은 나무젓가락 위에 서 있기라도 하니 형편이 나아졌습니다. 둘로 가르면 네모난 젓가락 끝이 두 발의 무게를 감당해줍니다. 조그만 사각형 작대기 두 개가 고맙고 감사합니다.

젓가락질을 할 때마다 사람ㅅ을 떠올립니다. 작대기 둘이 기대고 사는 꼴이 사람이나 젓가락이나 다르지 않습니다. 하나와 또 다른 하나가 합쳐졌을 때, 비로소 젓가락이 되고 사람이 되고 가족이 됩니다. 무심코 흘려보낸 시간의 흔적 앞에서, 지나쳐버린 것들에 대해 고개를 숙입니다. 나아가기보다 돌아보아야겠습니다. 그러려면 멈추는 것이 먼저입니다.

오늘은 다큐멘터리 제작 때문에 합천 세트장을 찾았습니다. 세트장은 알맹이가 비었고 시간만 껍데기에 멈춰있습니다. 소리도 냄새도 맛도 느낄 수 없는 거리를 카메라에 옮깁니다. 헛것은 옮기고 새로 담아도 헛것입니다. 사람이라는 것도 그러할까요. 어쩌면 산다는 것도 헛짓인지 모릅니다. 돌아오는 차 안에서 치미는 헛구역질을 간신히 참았습니다.

저녁에는 부산에서 김진숙 선생을 만나 인터뷰하였습니다. 여린 얼굴 어디에서도 지나온 육십여 년이 보이지 않습니다. 강함은 어디에 감춰져 있고 그 뿌리는 무얼 먹고 버틸까요. 사람이 사람이고자 할 때 어떤 눈빛을 반짝이는지 선생에게서 배웁니다. 켜켜이 쌓인 설움의 응어리가 가슴에 박혔겠지요. 그것이 암癌이든 무엇이든 선생의 내일을 가로막진 못할 겁니다. 쾌유를 비는 마음으로 시 한 편 적습니다.

가시

가시도 줄기의 일부다
날카로운 몸의 끄트머리다

마음대로 해석하지 말자
찌른 게 아니라 찔렸을 뿐이다

다가와 찔리는 가시는 있어도
다가가 찌르는 가시는 없다

수 없이 찔려본 몸뚱아리에
가시가 돋는다

_ 고향갑

잠

한뎃잠을 경험한 사람은 안다. 노숙露宿이라고 해야 쉬 이해하려나. 덮을 신문지 한 장 없이 겨울밤을 견딜 때, 한 방향의 바람이라도 막아줄 벽이 있다면 얼마나 고마운지. 열아홉 살 때였을까. 혼자서 서울행 완행열차를 탔다. 지금은 사라지고 없는 비둘기호 열차였다. 비둘기호 열차는 한반도의 평화만큼이나 느리고 굼떴다. 반나절이 걸려 영등포역에 도착했을 때, 혼자라는 사실에 덜컥 겁이 났다. 갓 상경한 촌놈에게 서울은 빠져나오기 힘든 미로 같았다. 눈보라 치는 밤, 의지할 것이라곤 편지봉투에 적힌 친구의 자취방 주소뿐이었다.

그 시절에는 방위산업체에서 근무하면 병역이 면제되었다. 5년을 근무해야 한다는 조건이 붙었지만 마다하지 않았다. 실업계 고등학교에 다니던 친구는 자격증을 따기 무섭게 방위산업체에 취업했다. 철이 바뀔 무렵이면 편지를 보내오곤 했는데, 언제든 놀러 오라는 말을 잊지 않았다. 그 말만 되새기며 서울행 열차를 탄 게 화근이었다. 물어물어 찾아간 자취방은 굳게 잠겨 있었다. 주말에도 야근을 할 수 있다는 걸 그때는 까마득히 몰랐다. 공중전화로 회사에 전화를 걸었지만, 작업 중에는 바꿔줄 수 없다는 말만 들어야 했다.

졸지에 미아가 되어서 밤거리를 배회했다. 춥고 배가 고팠지만 주머니엔 내려갈 차비밖에 없었다. 영등포역으로 다시 돌아갔을 때는 막차도 끊어진 상황이었다. 대합실에서 날밤을 새야 했다. 열차가 끊긴 영등포역 대합실은 난방이 되지 않았다. 기다란 나무의자에 다리를 포개고 누워 한뎃잠을 잤다. 나무의자에서 파고든 한기가 뼈 마디마디를 파고들었다. 베고 누운 팔은 마비가 되어 딱딱했다. 딱딱하게 굳어버린 팔을 나머지 한쪽 팔로 애써 주무를 때, 이러다 죽을 수도 있겠다는 생각마저 들었다. 그럼에도 쏟아지는 잠을 어찌하지 못했다.

많은 세월이 흘렀지만 어김없이 겨울은 찾아오고, 영등포역에는 한뎃잠을 자는 사람들로 여전하다. 나에게는 하룻밤이었으나 그들에게는 겨울 한 철이라는 게 다를 뿐이다. 정부가 발표한 자료(2020년 기준)에 따르면, 주민등록도 없이 떠도는 거주불명 등록자가 40만 명을 넘는다고 한다. 그중에는 18세 미만의 아이들도 1만 명이나 된다니 안타깝다. 사연이야 가늠할 길이 없지만, 노숙을 하면서까지 이 겨울을 버텨야 하는 사람들의 심정은 오죽할까. 코로나로 위험천만한 이 겨울에 그들이 기다리는 새로운 봄은 오기나 할까.

겨울철만큼이나 어김없이 찾아온 선거철이다. 철이 철인지라 정치인들이 뱉은 말로 신문과 방송이 넘쳐난다. 하지만, 넘쳐나는 말의 홍수 어디에도 따뜻함이 없다. 있다면, 이기고야 말겠다는 차디찬 눈빛뿐이다. 신문도 방송도 마찬가지다. 진정 국민을 사랑하는 정치인과 언론이라면, 추위에 떠는 이웃을 위해 이런 광고 하나쯤 실어야 하지 않을까. 2009년 겨울, 어느 신문에 광고가 실렸었다. 아무런 기사도 없이 2페이지 전면에 담요 사진만 실은 광고였다. 광고 카피는 사진 오른쪽 하단 담요 상표에 이렇게 적혀 있었다.

이 신문은 오늘 밤 누군가의 담요가 될 것입니다.

(노숙자를 도와주세요. 대한적십자사.)

소

모가지가 길어서 슬픈 건 사슴이다. 소는, 모가지와 상관없이 슬픈 짐승이다. 소의 운명은 '워낭소리'와 함께 끝났다. 기억 저편으로 사라져가는 다큐멘터리 영화만큼이나, 소의 역할 또한 우리 곁에서 지워지고 없다. 들녘에서 논을 갈고 밭을 일구는 건 소가 아니라 기계다. 일터에서 쫓겨난 것은 사람이나 소나 마찬가지이지만, 소에게까지 실업수당이 지급되진 않는다. 고양이처럼 발바닥을 핥지 못하고, 강아지처럼 꼬리를 흔들지 못해서, 소는 반려동물의 명단에서 제외되었다. 소는, 모가지와 상관없이 슬픈 짐승이다.

개와 고양이를 키우듯이 사람은 소를 키운다. 개와 고양이는 주린 정을 채우기 위해서 키우고 소는 주린 배를 채우기 위해서 키운다. 사람은 소를 먹는다. 사람이 고기로 먹는 소는 한해 삼억 마리에 달한다. 고기는 구워 먹거나 삶아 먹거나 날것으로 먹는다. 머리는 쪄서 귀와 코와 혀와 골을 먹고, 뼈는 푹 고아 물을 먹는다. 그렇게 먹다 남긴 것을 갈아서 사람은 일반가축의 먹이를 만든다. 그렇게 만들어진 것 중에는 반려동물의 먹이도 있다. 사람이 먹기 위해 죽인 가축의 부산물을 가축이 다시 먹는다. 사람들은 그것을 사료라고 부른다.

개중에는 우유를 생산하기 위해 키우는 소도 있다. 젖소의 운명은 태어나는 순간 갈린다. 젖을 짤 수 없는 수컷은 생식기능을 끊어버리고 고기소로 키운다. 우리가 아는 젖소는 모두가 암컷이다. 물론 암컷 젖소라고 무턱대고 젖을 짤 순 없다. 젖은, 새끼를 배거나 낳은 소에게서만 나온다. 사람들은 젖을 짜기 위해 끝없이 젖소를 임신姙娠시킨다. 그런 점에서, 젖소의 임신은 사람에 의한 강제 임신이고 평생 임신이다. 그렇게 짜낸 젖소의 젖으로 사람들은 우유와 치즈와 버터와 초콜릿과 아이스크림을 만들어 먹는다.

모가지가 길어서 슬픈 건 사슴이다. 소는, 모가지와 상관없이 슬픈 짐승이다. 논과 밭에서 일을 하다가 사람과 함께 늙어 죽는 건 조선왕조실록에나 나오는 이야기이다. 소는 스무 살까지 살 수 있지만 '가축'이 된 소는 평균수명을 채우지 못하고 죽는다. 현대사회에서 소의 죽음을 결정하는 것은 평균수명이 아니라 사람이다. 사람은, 소의 육질이 가장 연하거나, 피둥피둥 살이 올랐거나, 새끼를 낳지 못하거나, 젖이 나오지 않을 때 소를 죽인다. 그렇게 죽은 소들의 나이는 두 살이나 세 살이 대부분이고 젖소라 해도 여섯 살을 넘지 않는다.

언제부터였을까. 소를 닮은 사람들이 늘어나고 있다. 일터에서 쫓겨나는 건 소나 사람이나 마찬가지다. 소와 사람을 밀어내고 일을 하는 건 기계와 인공지능이다. 기계와 인공지능은 근로기준법의 대상이 아니다. 스물네 시간 일을 시켜도 문제없고, 고장이 나도 내다 버리면 그뿐이다. 사람이 만든 기계와 인공지능으로, 정작 사람이 일로부터 소외되는 세상이다. 일이 곧 밥이고 생명인 세상에서, 일터에서 쫓겨난 일꾼들의 눈은 슬프다. 소를 닮은 눈은 슬프다. 소를 닮은 사람들은, 모가지와 상관없이 서글픈 짐승이다.

발

우리는 늘 바닥이었다. 앞발 두 개가 땅에서 떨어지는 순간 우리의 신세는 바닥이 되었다. 인간들의 직립은 바닥을 딛는 우리의 운명을 강요하는 것이어서, 곧추세운 머리의 하중은 몸뚱이의 것이 되지 못하고 우리 것이 되었다. 머리가 강요한 아픔의 깊이를 목도 허리도 다리도 받아내지 않았다. 받아내지 않고 흘려보낸 것들은 뼈와 살과 피를 따라 밑으로 흘러 땅에 고였다. 땅에 고인 것들을 딛고 서는 건 늘 우리 몫이다. 우리는 바닥에 산다.

늘 바닥일 수밖에 없음은 부당한 것이었으나 우리는 받아들였다. 우리의 받아들임으로, 우리를 제외한 나머지 몸뚱이가 바닥에서 벗어날 수 있다면 그것으로 족했다. 바보 같은 결정이었지만 후회는 하지 않기로 했다. 후회한다고 해서, 후회를 돌이킬 수 있는 뾰족한 수가 우리에겐 없다. 선택권은 늘 머리 꼭대기에 있고 우리에게 하달되는 건 선택의 결과뿐이다. 결과 또한 매번 부당해서, 인간들이 잠든 순간에도 우리는 발가락을 세우고 보초를 서야 한다.

입이 하는 소리를 우리는 믿지 않는다. 손이 쓰는 말도 거짓임을 우리는 잘 안다. "위를 보지 말고 아래를 보라"고 말하는 입은 역겹고, "밝음 뒤에는 어두움이 있다"라고 쓰는 손은 뻔뻔하다. 입과 손은 인간들의 직립을 거룩함으로 포장하는 가면이자 꼭두각시일 뿐이다. 그러함에도, 그러함을 알려야 하는 수단으로 입과 손을 빌어서 쓸 수밖에 없는 우리의 처지는 얼마나 한심한가. 그런 점에서, 우리의 우울과 좌절과 절망은 입과 손이 보기에 코미디이다.

하늘을 보기 위해 직립을 선택했다고 말하는 건 무책임하다. 적어도 우리는, 단 한순간도 하늘을 우러른 적이 없다. 나아갈 방향을 결정하는 순간에도 우리의 의사를 전달할 투표용지가 우리에겐 주어지지 않는다. 나아가던 물러서던, 우리는 인간이 빚은 족쇄 속에서 바닥을 딛어야 한다. 그것이 빌어먹을 우리의 운명이다. 그럼에도 주눅 들지는 않는다. 가장 먼저 내디뎠다가 가장 마지막에 거둬들이는 것은 언제나 우리들이니까.

우리는 늘 바닥이다. 인간이 오랑우탄이기를 거부한 순간부터 우리의 신세는 바닥이 되었다. 인간들의 반듯한 척추는 바닥을 딛는 우리의 운명을 강요하는 것이어서, 땅과 멀어질수록 깊어지는 하중은 몸뚱이의 것이 되지 못하고 우리 것이 되었다. 말과 글이 토해내는 온갖 구린내를 눈도 귀도 코도 입도 감내하지 않았다. 감내하지 않고 쏟아져 나온 것들은 책과 신문과 방송을 따라 밑으로 흘러 땅에 고였다. 땅에 고인 구린내를 감내하고 사는 건 우리 몫이다. 우리는 바닥에 산다.

생각은 인간이 하지만,
인간보다 먼저 앞으로 나아가는 것은 바닥에 사는 우리다.

끝

낳을 자유는 있어도 태어날 자유는 없다. 아이는 부모를 골라서 태어날 수 없다. 태어나게 해달라고 조른 적도 없다. 아이는 자신의 의지와 상관없이 아이가 된다. 그렇다고 아이가 우연의 산물이라는 건 아니다. 아이는 부모의 의지가 빚은 사랑의 결정체다. 임신姙娠이라는 단어를 뒤집으면 신임信任이 되는 것도 그래서일지 모른다. 그 무엇과도 견줄 수 없는 확고한 믿음, 그것이 부모와 자식을 연결하는 생명의 끈일 것이다. 하지만 어찌 된 일일까. 시작도 하기 전에 끝나고 마는 아이들의 비극은 왜 끊임없이 반복되는 걸까.

며칠 전 대전에 사는 아비가 딸을 죽였다. 태어난 지 20개월 된 아이였다. 아장아장 걷기도 바쁜 어린 딸을 아비는 잠을 자지 않고 운다는 이유로 죽였다. 우는 아이를 이불로 덮고 주먹과 발로 때리고 밟아서 죽였다. 엉덩이뼈가 바스러지고 온몸에 피멍이 든 아이는 끽, 소리도 못 하고 죽었다. 딸의 시체는 아이스박스에 넣어 화장실에 방치했다. 딸의 시체를 유기하고도 어미는 보름이 지나도록 경찰에 신고하지 않았다. 죽은 딸의 시체가 썩어가는 연립주택에서, 아비와 어미는 잠을 자고 숨을 쉬고 밥을 먹었다.

보건복지부는 2019년 한 해 동안 아동학대로 42명이 죽었다고 발표했다. 국립과학수사연구원 연구결과보다 4.3배나 적은 숫자다. 정부의 통계자료는 아동보호전문기관에 접수된 사례만 집계할 뿐, 수사기관에 접수된 사건이나 출생신고를 하기 전에 죽은 신생아는 제외시키기 때문이다. 하지 말아야 할 행동을 하는 것이 아동학대의 전부가 아니다. 해야 할 행동을 하지 않는 것 또한 학대다. 헌옷수거함과 여행용 가방과 건물 옥상과 공사장 화장실에서 발견되는 신생아의 주검은 어떻게 해석해야 할까. 젖을 먹지 못하고 굶어 죽는 것은 학대가 아닐까.

이런 경우는 또 어떤가. 열 살과 여섯 살 남매에게 엄마와 아빠가 약을 먹였다. '몸속의 벌레를 잡는 약'이라고 삼키게 한 것은 수면제였다. 아이들이 잠들자 엄마와 아빠는 방안에 연탄불을 피웠다. 이웃의 신고로 구급차가 출동했지만, 아빠와 아들은 죽고 엄마와 딸은 살아남았다. 엄마는 '남편의 지병과 쪼들리는 빚 때문에 함께 죽으려 했다'라고 경찰 조서에서 밝혔다. 이 가족의 비극을 '일가족 동반자살 시도'라고 신문은 전했다. 과연 동반자살이 맞을까. 죽은 아들과 살아남은 딸은 부모의 자살 시도에 동의했을까.

다른 나라에서는 가족 동반자살을 가족살해 사건으로 규정하고 아동학대의 범주에 포함시킨다. 명칭 또한 동반자살이 아니라 '자녀 살해 후 자살'이라 부른다. 당신의 생각은 어떤가. '오죽하면 그랬겠나?'라는 정서가 우리 주변에 여전해서 하는 물음이다. 다시 말하지만, 아이는 부모를 골라서 태어날 수 없다. 태어나게 해달라고 조른 적도 없다. 아이는 자신의 의지와 상관없이 세상에 태어난다. 그렇게 태어난 아이의 생명을 끝낼 자격이 누구에게 있단 말인가. 설혹 신이라고 해도 아이의 삶을 끝낼 순 없다. 그렇다면 그것은 신이 아니다.

늘

학림다방 앞이었다. 다방으로 오르는 계단에서 양희은의 노래가 걸어 내려왔다. 양희은의 노랫소리는 턴테이블에 감긴 LP판 눈금을 따라 천천히 풀어졌다. 다방 앞 횡단보도 역시 불어난 퇴근길 인파로 감겼다가 풀리기를 반복했다. 마로니에 공원에서는 대학에 갓 입학한 새내기들이 신문지를 깔고 앉아 술판을 벌였다. 새내기들은 선배들의 기타 반주에 맞춰 김광석의 노래를 따라 불렀다. 술잔이 부딪칠 때, 대학로의 젊음도 덩달아 찰랑거렸다.

권이 형은 붐비는 인파를 물끄러미 바라보고 서 있었다. 그리곤 불쑥 아무 이름이나 불렀다. 그것도 큰 소리로. "희숙아!" 아무도 돌아보는 이가 없으면 다시 물끄러미 바라보았다. 그러다가 이내 또 다른 이름을 불렀다. 역시 큰 소리로. "미경아!" 그렇게 아무나 부르는 여성의 이름에 누군가 뒤돌아보면, 비로소 권이 형이 움직였다. "이게 얼마 만이냐. 오빠는 잘 있지?" 권이 형은 뒤돌아본 젊은 여성, 혹은 여성의 일행들에게 생각할 틈을 주지 않았다.

권이 형은 처음 본 여성들을 이끌고 가까운 순대국밥 집으로 왔다. 외상장부를 적고 먹는 몇 안 되는 단골집이었다. 단골이라고 해 봐야 극단 소속의 배우들이 전부였지만, 인심 좋은 할매는 추가한 공깃밥을 따로 계산하지 않았다. 막걸릿잔을 돌리고 있던 우리 일행과 합석을 한 뒤에서야 여성들은 어찌 된 상황인지 깨달았다. 열에 다섯은 화를 내고 자리를 박찼다. 나머지 다섯 가운데 셋은 피식 웃으며 일어났고, 둘은 깔깔 웃으며 함께 막걸릿잔을 비웠다. 삼십여 년 전의 일이다.

그 시절, 대학로 청춘들에게나 통용되는 치기 어린 낭만이었으리라. 권이 형과의 첫 만남은 신춘문예 당선작품을 공연하면서였는데 내 작품의 주연 배우가 권이 형이었다. 지방에 살던 나는 연습기간 내내 배우들의 집을 전전하였다. 특히 수유리 4·19탑 근처에 살던 종이 형 집에서 자주 신세를 졌다. 어머니는 종이 형과 내가 집에 돌아올 때까지 주무시지 않고 기다렸다가 밥상을 내오셨다. 형과 나는 반찬을 안주 삼아 전날 남긴 소주병을 마저 비웠다.

그렇게 시작된 인연이 벌써 삼십여 년째다. 흘러가 버린 세월만큼 살아내는 터전은 멀어졌지만, 마음은 늘 곁에 있다. 열정과 고집으로 함께했던 그때 그 시절, 그 사람들…. 형과 누이와 동생들…. 언제 만나든 늘, 반갑고 감사하고 죄송하다. 여전히 무대를 지켜줘서, 연기자의 길을 걸어줘서, 암울한 현실에도 웃어줘서, 가난을 견디지 못하고 도망친 나를 용서해줘서, 잊지 않고 기억해줘서, 그때나 지금이나 늘, 그 모습 그 생각 그대로여서.

한류가 뜨고 있다. K-POP과 K-DRAMA에 이어 K-MOVIE 열기 또한 뜨겁다. 국민의 한 사람으로서 반가운 일이지만 감춰진 속내를 생각하면 씁쓸하고 안타깝다. 이 땅에서는 민주주의만 피를 먹고 자란 것이 아니다. 한류 역시 가수와 배우와 스텝들의 피를 먹고 자랐다. 0.1%의 한류 신화를 위해 나머지 99.9%가 흘린 피와 땀과 눈물은 어디서 보상받아야 할까. 문화예술의 강대국으로 우뚝 섰다는 대한민국에서, 연극배우들의 평균 연봉은 1,340만 원이다.

그럼에도 대학로의 배우들은 무대를 그리워한다.

삼십 년 전이나 지금이나 한결같이, 늘.

무 ^無

'고독'은 다분히 문학적이다.
문학적인 단어 뒤에 죽음을 붙인다고 해서 그 죽음이 아름다워
지진 않는다. 고독은 고독이고 죽음은 죽음일 뿐이다. 전혀 별개
인 둘의 관계를 하나로 묶어 표현하는 것은 망자에 대한 결례다.
죽음을 부르는 것은 고립이지 고독이 아니다. 기억하자. '고립
사'^{孤立死}는 있어도 '고독사'^{孤獨死}는 없다.

그의 주검을 처음 발견한 사람은 집주인이었다. 몇 달째 월
세가 밀리자 주인은 현관문을 따고 들어갔다. 빚 독촉에 시달리
던 그는 일자리마저 끊기자 베란다에 목을 매고 죽었다. 시신은
바싹 말라붙어 미라 상태가 되어있었다. 주인은 출동한 경찰에
게 "처음 봤을 때는 마네킹인 줄 알았다"라고 진술했다. 유서는

없었다.

  그는 방바닥에 앉은 채 딱딱하게 굳어 있었다. 피를 토한 비닐봉지와 포장이 뜯기지 않은 죽 한 그릇이 옆에 놓여있었다. 수저 대신 그가 손에 쥐고 있는 건 어린 남자아이의 사진이었다. 경찰 조사 결과, 이십 년 전 이혼한 아내를 따라간 아들의 사진으로 밝혀졌다. 아들의 사진은 그의 침대 머리맡에도 붙어있었다. 유서는 없었다.

  경찰이 출동했을 때, 그의 주검은 방 한가운데 쓰러져 있었다. 번개탄으로 추정되는 연탄재가 자살을 입증하는 증거였다. 이웃들은 그가 십 년 넘게 기러기 아빠로 지냈다고 했다. 정년퇴임한 대학교수란 말도 잊지 않았다. 기러기 아빠였던 그는, 자살을 위해 준비한 번개탄 비닐봉지를 분리해 정리하고 죽었다. 유서는 없었다.

  연락을 받고 찾아온 가족들도 있긴 있었다. 결핵을 앓던 아버지가 죽자 아들과 며느리가 나타났다. 십년 동안 찾아오지 않던 자식들이었다. 둘은 "아버지가 끼고 있던 금반지가 안 보인다"며 각혈로 피범벅이 된 방바닥 곳곳에 이불을 펴놓고 밟고 다

넜다. 실종된 금반지는 끝내 찾지 못했다. 유서는 없었다.

홀로 지내던 노인들이 황혼기에 새살림을 차렸다. 할아버지 자식들이 재산을 노린 만남이라며 헤어질 것을 요구했다. 자식들의 계속된 성화에 실의에 빠진 노부부는 결국 동반자살을 선택했다. 소식을 듣고 찾아온 자식들은 할아버지가 남긴 통장을 찾느라 온 집을 들쑤셔놓기 바빴다. 유서는 안중에도 없었다.

사람을 죽음에 이르게 하는 것은 고독이 아니라 고립이다. 고립은 단절의 옆모습이고 절망의 뒷모습이다. 고립의 실체를 고립시켜야 한다. 하루에 두 명의 이웃이 최소한의 존엄마저 상실한 체 세상으로부터 쫓겨나고 있다. 최근에는 시신을 인수할 연고자가 없거나, 있어도 시신의 인수를 거부하는 무연고사망자도 늘어나고 있다. 주검은 있는데 실체는 없는 꼴이다.

보건복지부 발표에 따르면 지난 5년간 집계된 무연고사망자는 9,330명이다. 2019년 상반기에 사망한 1,362명을 합하면 10,692명에 달한다. 무연고사망자 유골은 십 년 동안 해당 지방자치단체가 보관하다가 연고자가 나서지 않으면 폐기 처리된다. 그러곤 끝이다. 사람이란 것도 참 별것 없다.

틈

　노화는 마모가 아니라 마침입니다. 마칠 수 없는 삶처럼 고달픈 게 또 있을까요. 그런 점에서 노화는 생각의 종결이자 살아내는 일의 마침입니다. 다만 예상치 못했던 마침이 불쑥 던져질까 걱정되는 건 사실입니다. 준비되지 못한 노후처럼 마침 또한 그러하다면 당혹스러울 일입니다.

　두 해 전에 처음 통풍을 앓았습니다. 요관을 막은 돌(결석)을 체외충격파로 부수며 통풍의 원인이 신장에 있음도 알게 되었지요. 오른쪽 신장에만 십여 개의 돌이 생겼는데 신장 기능이 떨어져 노폐물(요산)을 걸러내지 못한 결과입니다. 작년에는 갑상선에 이상이 생겨 낭종 치료를 받았고, 최근에는 참기 힘든 복통에 시달리다 병원을 찾아야 했습니다.

위내시경 시술과 함께 간과 췌장을 초음파로 검사하였습니다. 위가 아니라 간이나 담낭에 결석이 생겨도 복통에 시달릴 수 있음을 처음 알았습니다. 그뿐이겠습니까. 돋보기안경을 벗으면 책을 볼 수도 글을 쓸 수도 없습니다. 치아야 뭐 덧붙일 필요도 없겠지요. 허우대만 말짱하지 걸어 다니는 종합병동인 셈입니다.

초등학교에 입학하여 처음 예방주사를 맞던 순간부터 지금까지 '병' 혹은 '병원'이라는 단어는 두려움의 대상입니다. 두려움의 뿌리에는 병을 앓다 일찍 세상을 떠난 아버지의 그림자가 남아있습니다. 일찍 떠난 아버지처럼 나 또한 그 길을 뒤따르지는 않을까 두렵습니다. 두려움은 죽음을 넘어 '일찍 떠남'이 내포하고 있는 단절과 상실을 정조준합니다.

취재 수첩에 메모한 내용이 있는데요. 조선소에서 일하다 철판에 깔려 죽은 용접공의 사연입니다. 삼십여 년 전으로 거슬러 올라간 이야기이니만큼 용접공 가족의 삶이 얼마나 고달팠는지는 군이 설명하지 않겠습니다. 산재처리도 받지 못한 시신은 서둘러 공동묘지에 묻혔고 서글픈 기억만 동료들의 가슴에 남았다지요.

그리고 삼십여 년이 흘렀습니다. 흐른 지금, 인터뷰에 응해준
늙은 용접공의 기억에 선명하게 남은 것은 죽은 동료가 아니라
그가 남긴 어린 딸의 얼굴이었습니다. 아버지의 장례식을 치른
다음 날, 다섯 살 먹은 어린 딸은 집 앞에 쪼그리고 앉아 아버지
를 기다리고 있었습니다. 그리곤 퇴근해 돌아오는 아버지의 동
료를 향해 이렇게 물었다지요.

– 삼춘, 울 아부지는 오늘도 잔업한당가?

그 아이에게는, 그러니까 죽은 동료가 남긴 딸아이의 세상에
는, 아직 죽음이라는 것이 존재하지 않았습니다. 존재하지 않은
감정의 세상에서, 아버지의 죽음은 슬픔이기보다 부재에 가까웠
습니다. 죽음을 영원한 작별로 받아들이지 못하는 아이의 눈망
울 앞에서, 조막손에 동전 하나 쥐여주는 것 말고는 해줄 게 없
었노라고 늙은 용접공은 말했습니다.

서글픈 것은, 떠난 자의 죽음이 아니라 남겨진 자가 짊어져
야 할 단절과 상실입니다. 준비된 노후처럼 죽음에도 준비와 연

습이 필요할까요. 소식 끊긴 지 오래된 학창시절 친구의 부고訃告를 문자메시지로 받으며 생각했습니다. 우리는 지금 살아내고 있는 걸까요, 죽어가고 있는 걸까요. 생각할수록 아끼며 열심히 살아야겠습니다.

저기, 삶과 죽음의 틈에 끼어있는 우리들의 하루를 봐서라도 말입니다.

수

유리 없는 창에 먹구름이 누웠다. 손바닥 두 개면 가려질 조그만 창문이었다. 비는 고개를 비틀고 사선으로 날아왔다. 비닐로 가린 창문이 비를 막았다. 비가 뿌린 눈물은 점點으로 박히지 못하고 선線을 그으며 흘렀다. 비닐 표면을 긋던 선이 창과 창틀 사이의 틈으로 파고들었다. 파고든 빗물이 창틀 안쪽 벽을 타고 다시 흘렀다. 그의 얼굴에도 먹구름이 앉았다. 눈雪을 기다리고 있던 그에게 비는 뜬금없었다. 정월에 내리는 비는 철 지난 달력 같아서, 내리는 쪽도 보는 쪽도 서로 민망했다.

비 오는 날은 운동 시간이 사라졌다. 털어야 할 담요도, 널어야 할 빨래도, 방 밖으로 내보낼 수 없었다. 그는 변기 옆에 쭈그리고 앉아 비벼 짠 속옷을 빨랫줄에 널었다. 헤진 메리야스를 가늘게 찢어 묶은 것이 방에 걸린 빨랫줄의 전부였다. 빨랫줄에 널린 속옷에서 물이 떨어졌다. 창문에 들이치는 빗소리보다 마룻바닥에 부서지는 물방울 소리가 더 컸다. 그는 마룻바닥이 깔린 방에서 혼자 살았다. 여러 장의 담요를 겹겹이 깔아도 마룻바닥 틈으로 겨울이 파고들었다. 새벽 달빛이 창에 걸릴 때면 빨래에 고드름이 달렸다.

새벽이 되어도 방은 불이 꺼지지 않았다. 끄고 켤 수 있는 스위치가 그의 방에는 없었다. 스위치 없는 방 바깥에서, 시간마다 시찰구를 열고 그를 살폈다. 그는 다가왔다가 멀어져 가는 구둣발 소리를 들으며 밤과 새벽의 경계를 가늠했다. 구둣발 소리는 서다 걷기를 반복했는데, 그때마다 또 다른 사람의 시찰구가 열리고 닫혔다. 마룻바닥 일곱 칸 넓이의 방은, 벽에 등을 기대고 발을 뻗으면 반대쪽 벽에 발바닥이 닿았다. 좁고 기다란 0.75평의 방에 누울 때마다 그는 죽어서 땅속에 묻히는 꿈을 꾸었다. 정지 버튼이 없는 꿈이었다.

방에서 불려 나갈 때도 그에겐 이름이 없었다. 이름 대신 그에게 붙여진 건 숫자였다. 세면을 할 때도 운동을 할 때도 접견을 할 때도 이름 대신 숫자를 불렀다. 그렇게 불려서, 그는 이름보다 숫자에 익숙했다. 이름은 철문과 벽과 담 너머에서나 통용되는 또 다른 세상의 기호 같았다. 그는 이름을 잃고 숫자가 되어 8년 동안 감옥에 갇혀 살았다. 훔치거나 때리거나 죽이지 않았지만 오래도록 가족과 사회로부터 격리당했다. 그릇된 세상을 그르다고 하고, 더 나은 세상을 꿈꾼 것이 죄라면 죄였다. 갇혀 있는 동안 그의 어머니는 세상을 등졌다.

숫자로부터 풀려난 뒤에야 그는 남진현이라는 이름을 되찾았다. 나는 이름을 되찾은 그와 지난가을 인사동에서 처음 만났다. 세 번째 열리는 그의 개인전을 관람하면서였다. 가슴에 박힌 아픔을 캔버스로 옮겨 담았음일까. 해체된 채로 화폭에 담긴 모순과 부조리의 형상들이 또 다른 진실이 되어 나를 향해 걸어왔다. 전시회의 주제가 왜 '패러독스'인지 짐작되었다. 벽에 걸린 그의 작품들을 보고 있자니 나도 모르게 고개가 수그러졌다. 우리가 사는 세상에 역설逆說 아닌 것이 어디 있으며, 죄인囚人 아닌 사람이 어디 있겠는가.

네 개의 벽囚에 갇혀야만 죄인囚人이 되는 게 아니다. 양심良心의 벽처럼 엄연한 것도 없을 것이니, 넘쳐나는 것이 감옥이고 죄인이지 않겠는가. 그런 점에서는 나 또한 예외일 수 없음이리라. 지난가을, 나는 인사동 마루아트센터에 걸린 그의 작품들 속에서 푸른 빛으로 일렁이는 슬픔을 보았다. 그가 전시의 주제로 삼은 역설처럼, 내가 그의 작품에서 발견한 슬픔은 눈이 부시도록 '찬란한 슬픔'이었다.

끈

겨울 청바지 한 장을 샀어요. 소금물에 담갔다가 빨았지요. 바싹 마른 녀석을 입어보니 살갗에 닿는 느낌이 빳빳해요. 풀물을 먹였다가 가을 햇살에 바짝 말린 이불호청 같다고나 할까요. 처음은 늘 이렇게 어색하지요. 시간이 필요해요. 당신에게나 나에게나, 서로에게 스며들기 위한 준비과정 같은 것 말이에요.

눈짐작을 확신으로 정의하기까지 당신은 어떤 과정을 거치시나요. 대부분의 남성들은 95, 100, 105 사이즈로 분류돼요. 세상이 미리 정한 약속 같은 것이랄까요. 여성들은 어떤지 잘 모르겠어요. 55, 66, 77의 틈 어디쯤인가요. 기성복 사회에서 맞춤옷은 딴 세상 이야기인 것 아시죠. 사람도 그렇고 사랑도 그런 것 같아요.

겨울 청바지 한 장을 샀어요. 100이라는 사이즈에 두 발을 넣어 봤지요. 세상이 정해준 규격에 나를 맞추는 절차랄까요. 혹은 뻣뻣하고 더러는 헐렁해요. 정들지 못한 것들이 고개를 돌리고 서로 딴짓을 하네요. 그래도 어찌할 방도가 없어요. 나에게도, 그에게도, 또 다른 그에게도, 우리는 그저 고르게 100일뿐이니까요.

생각해보면 다 그런 것 같아요. 완벽한 맞춤이란 있을 수 없잖아요. 아니라고요? 글쎄요, 기성복 세상에 익숙한 제게는 낯선 단어네요. '맞춤' 말이에요. 눈을 맞추기도 힘든 세상에, 입을 맞추고, 살을 맞추는 것은 모험에 가깝지요. 그런 세상에서, 맙소사 생각을 맞추자고요. 저는 자신 없어요. 당신도 봐서 아시잖아요. 눈만 뜨면 쏟아지는 아귀다툼의 생각들을.

청바지 한 장을 샀어요. 지불한 사랑은 사랑이라 부를 수 없어서일까요. 뻣뻣하게 구는 꼴이 몽골 초원의 야생마 같아요. 그래도 하는 수 없지요. 이 모든 게 규격화된 기성복 사회의 아픔이니까요. 별수 없잖아요. 사람들 틈에 섞여 공중화장실로 들어갈 수밖에요. 그리곤, 자꾸만 도망치려는 녀석을 허리띠로 질끈 동여맸어요.

그래도 어색하기는 마찬가지예요. 100이라는 사이즈에 내 몸을 맞출 때마다 나는 생각해요. 기성복 사회에서 통하는 100이 내 삶에서도 통할 수 있을까. 100이 아니라면, 나라는 사람이 받아야 할 점수는 몇 점일까. 나는, 몇 점짜리 남편이고 몇 점짜리 아빠이고 몇 점짜리 사람일까. 사이즈 100에 몸을 쑤셔 넣을 때마다 자꾸만 고개가 움츠러들어요.

청바지 한 장을 샀어요.

명 ^名

꽃은 그냥 꽃이 아닙니다. 빨간 꽃 노란 꽃이 아닙니다. 손톱 위에서 멍울로 지는 봉숭아 눈물이 아닙니다. 시들어도 도망칠 수 없는 화병 속의 잘린 줄기가 아닙니다. 꽃은 그냥 꽃이 아닙니다. 시든 꽃 지는 꽃이 아닙니다. 불러주어야 내게로 와서 꽃이 되는 것이 아닙니다. 불러주지 않아도 꽃은 흐드러집니다. 산에도 들에도 나와 당신의 기억 속에도 꽃은 핍니다.

들꽃 하나에도 사연이 있습니다. 이름도 없이 그냥 들꽃이라 불리는 그것들에게도, 뿌리가 있고 줄기가 있고 이파리가 있습니다. 이름이 없어서 슬퍼하는 들꽃은 없습니다. 그것은 나와 당신의 착각입니다. 이름을 구걸할 여유가 들꽃에겐 없습니다. 죽을힘을 다해 씨앗을 열고 간신히 한철을 견뎌야 꽃대를 올립니다. 이름 없는 꽃은 있어도, 그냥 피는 꽃은 없습니다.

없습니다. 사람은 있는데 이름은 없습니다. 실체가 있어도 허상일 뿐입니다. 숨을 쉬어도, 꿈틀대도, 악을 써도, 절망해도, 거울에 비친 헛것입니다. 당신의 가슴에 이름표가 붙었다면 그나마 당신은 행운아입니다. 그래서 제복 입은 사람을 선망하는지도 모릅니다. 가슴에 이름표가 없는 우리를 부를 때, 아홉 시 뉴스 아나운서는 소비자라고 합니다. 맞습니까, 소비자?

사람이 소비자로 불릴 때, 사람은 소비되고 없습니다. 소비되고 마는 것들에게는 담아내야 할 감정이 없습니다. 존중해야 할 인격이 없습니다. 묻고 답해야 할 필요가 없습니다. 두 손을 맞잡고 함께 나눠야 할 가치가 없습니다. 있는 것이라곤 생산의 반대되는 개념뿐입니다. 세상은 더 이상 구매購買를 원치 않습니다. 세상이 원하는 건 소비消費뿐입니다.

우리가 사는 세상에서는 모든 것이 소비됩니다. '소비가 미덕'이라는 말도 그래서 생겼는지 모릅니다. 아껴 쓰고, 다시 쓰고, 바꿔 쓰는 물건은 더 이상 만들지 않습니다. 모든 것이 '일회용'입니다. 일회용은 한 번 쓰면 다시 쓸 수 없습니다. 그래서일 까요. 요즘은 사람조차 일회용 신세가 되는 것 같습니다. 일용직 이 그렇고, 파견직이 그렇고, 비정규직 또한 그렇습니다.

소비되는 삶에는 희망이 깃들 틈이 없습니다. 소비되는 사람 앞에는 성공을 향해 오를 계단이 없습니다. 돈이 서고 사람이 넘 어지는 세상에서, 성공은 겉포장만 번지르르한 과장 광고에 불 과합니다. 누구나 열심히 살면 성공할 수 있다는 말은 가짜뉴스 가 된 지 오래입니다. 이제, 사람들은 각자의 이름을 잃고 소비 자가 되고 말았습니다.

있어야 할 이름이 사람 앞에 없을 때, 우리는 들꽃을 닮은 사 람이 되고 맙니다. 저와 제 아내도 그랬습니다. 누구의 배우자로 누구의 부모로 한 시절을 살았습니다. 이름도 없는 들꽃으로 간 신히 서로의 한철에 기댔습니다. 원이 엄마, 결이 아빠 대신 서 로의 이름 세 글자로 꽃을 피우지 못했습니다. 여러분들은 어떠 십니까. 저희 부부는 이름 없는 들꽃입니다.

별^別

발등이 부었다. 통증은 속에 있고 붓기는 밖에 있다. 바깥을 보면서 속을 다독인다. 고장은 발등의 기다란 뼈와 중지발가락이 만나는 관절에서 났다. 손톱만한 관절 하나가 사람을 기울게 한다. 나누어져야 할 무게중심을 왼발 하나가 도맡는다. 발가락의 고장으로 하루가 절뚝거린다. 더딘 걸음을 잰걸음이 부축한다. 길은 멀고 겨울 해는 짧다.

쏟아지는 군중 속에서 '나'는 '우리'가 되고 만다. 출퇴근길 인파 속에서, 난무하는 구호와 외침 속에서, '우리'와 무관한 '나'로 개별적이긴 힘들다. 모래사장에서 각기 다른 모래 한 톨의 개별을 가리는 것처럼 난해한 일은 없다. 산을 보며 나무를 헤아리기 어렵듯이 숲에 앉아 산을 그리는 것 또한 쉽지 않다. 하물며 역사에 묻힌 개별이야 말해 무엇 하겠는가.

　개별의 역사는 기록되지 않는다. 사건사고로 회자되기는 하지만, 개별의 역사는 보편의 역사에 묻혀 사라지고 만다. 그렇다고 해서 존재하지 않는 건 아니다. 개별의 역사는 오늘도 시퍼렇게 눈을 뜨고 엄연하다. 매스컴마다 온갖 개별의 역사로 빼곡하고, 빼곡한 역사마다 찬성과 반대의 각기 다른 댓글이 꼬리를 문다. 무는 꼬리와 상관없이 기억하지 못할 역사들이다.

　묘한 일이 아닐 수 없다. 일기를 제외한 일체의 기록물은 어떤 의도에서 기록될까. 기록을 원하는 자의 편에 서서 기호와 문자를 나열하는 게 역사일까. 밟힌 사람들의 사연을 밟은 자들의 논리로 해석하는 게 역사일까. 폭력의 역사 또한 그러하여서, 죽은 자들의 역사를 죽인 자들의 역사로 덧씌우는 게 역사일까. 그런 이유로 성공한 쿠데타는 처벌할 수 없는 것일까.

　며칠 전, 최순영 선생과 한상균 선생을 인터뷰하며 살아온 날들에 대해 전해 들었다. 보편의 역사에 가려진 개별의 역사는 아리고 쓸쓸하였다. YH노동조합도, 쌍용차 사태도, 김경숙 열사도, 서른 명의 쌍용차 희생자도, 나와는 별개의 역사일 수밖에 없다. 그럼에도 도리질해 지울 수 없음은, 그 개별의 역사가 있었기에 지금의 내가 존재한다는 사실이다.

지금 우리가 누리고 있는 권리는 하루아침에 뚝딱 얻어낸 것이 아니다. 뿌림 없는 거둠은 없고, 씨앗 없는 열매 또한 없다. 역사는 늘 아프고 서러운 사람들의 눈물을 먹고 나아가지 않았던가. 오늘에 취해 어제를 잊지 말자. 당연한 것은 세상 어디에도 없다. 말할 수 있고, 요구할 수 있고, 반대할 수 있고, 거부할 수 있기까지, 이름도 없이 쓰러져간 역사가 너무 많다.

발등이 부었다. 통증은 산발적이다. 잔당을 소탕하는 토벌군의 총성처럼 통증에는 규칙이 없다. 부은 발등은 마취된 잇몸 같다. 경직된 하루가 느리게 저문다. 굼뜬 걸음으로 양치를 하고, 찻잔을 씻고, 걸레를 빨고, 방바닥을 훔친다. 훔쳐낸 방바닥에서 머리카락이 묻어난다. 걸레를 털고 떨어진 머리카락을 손으로 쓸어 담는다. 시든 머리카락에는 감각이 없다.

꽃

들꽃처럼 말꽃이 흐드러집니다. 꽃말도 없는 말꽃들이 제 주인의 텃밭 가득 피어납니다. 보고 싶은 대로 심었다가 듣고 싶은 대로 꽃잎을 엽니다. 흐드러진 꽃밭 어디에도 향기는 없습니다. 벌과 나비가 빨갛고 파란 색깔에 취해 말꽃 화단에 날아듭니다. 보고 싶은 말꽃만 보다가 듣고 싶은 말꽃 위에 날개를 접는 건 벌과 나비도 마찬가지입니다. 죽었으면서도 죽었다는 사실을 모르는 꽃밭에는, 꽃은 없고 말만 무성합니다. 그렇다고 문제가 될 건 없습니다. 종이꽃도 꽃인 세상에서, 그것 또한 꽃이라 여기고 살면 그만입니다.

꽃은 식물의 생식기生殖器입니다. 수줍게 피지만 찬란하게 질 수 있어서 꽃입니다. 꽃이라고 불러주었을 때 비로소 꽃이 되

는 게 아닙니다. 꽃은 그 자체로 벌써 꽃입니다. 말꽃이 꽃이 될
수 없는 까닭이 거기에 있습니다. 언제부터일까요. 정치인들은
'사람들에게 해야 할 말'보다 '사람들이 듣고 싶어 하는 말'만 골
라서 합니다. 누구를 탓하겠습니까. 세상천지에 꽃은 가득한데,
사람들은 아득하게 멀리 있는 곳에서만 꽃을 찾습니다. 산에서
찾고, 들에서 찾고, 봄에서 찾습니다.

꽃은 어디에나 있습니다. 어느 구석 어느 계절에도 가리지
않고 피어납니다. 겨울에 휩싸인 도시라고 꽃이 없는 건 아닙니
다. 빌딩숲에 가려져서 보지 못할 뿐입니다. 새벽에 피었다가 한
밤중에 시들어서 볼 틈이 없을 뿐입니다. 광고에 눈을 빼앗기고
상품에 가슴을 잃어 못 보는 것입니다. 돈에 쫓기고 일에 시달리
는 사람의 눈에는 보이지 않습니다. 발밑에 있어도 보이지 않는
것이 도시에 핀 꽃입니다. 세상살이에 영근 꽃은 시절과 상관없
이 피었다가 집니다. 지금 이 순간도 어김없습니다. 그 모든 꽃
들에게 이 시를 바칩니다.

꽃

취한 밤이면 아비는 어미를 팬다.

참아도 패고 대들어도 팬다.
어미 몸뚱이에 꽃이 핀다.
아이가 운다.

아파트 공사장에서 인부가 떨어진다.
추락하는 아비에겐 날개가 없다.
공사장 바닥에 꽃이 핀다.
어미가 운다.

영정 사진이 화장터로 들어선다.
배고픈 아이는 매점 앞을 서성인다.
관을 삼키는 소각로에 꽃이 핀다.
아비가 운다.

우는 것들 속에서
꽃은 핀다.

_ 고향갑

강 江

흘러가고 싶지 않아요. 흘러가는 것이 강이라고 쉽게 말하진 말기로 해요. 때로는 흘러갈 수밖에 없는 시간도 있으니까요. 당신은 흘러가는 것 앞에서 자유로우신가요. 글쎄요. 자유롭다는 건 또 무얼까요. 섬 같은 것인가요. 섬 같아서, 흘러가는 것들을 떠나보내며 늘 제자리를 지키는 건가요. 그건 모르는 말씀이지요. 저는 잘 모르겠어요. 흘러감에 익숙한 것들은 흘러가지 않는 세상에 정박할 수 없으니까요. 그렇다고 흘러가는 것들을 모두 강이라 부르진 마세요. 흘러가는 것은 강물이지 강은 아니니까요. 당신도 아시잖아요.

삼십 년을 혼자 키웠다지요. 쉽지 않았을 겁니다. 홀아비가 딸 둘을 키우는 것 말이에요. 이혼한 어미를 쏙 빼닮은 탓에 술로 지샌 밤도 많았다지요. 실없이 웃는다고 속으로도 웃기만 했을라고요. 큰딸이 시집을 가는 날, 주례 대신 양가 부모가 축사를 하더라고요. 제가 보기엔 참 좋았어요. 삼십 년 만에 이혼한 아내가 결혼식장에 나타났는데, 예식이 끝날 때까지 내내 울기만 했어요. 시집가는 딸도 따라서 울었을 걸요. 사연을 아는 사람들은 죄다 눈물을 훔치기 바빴어요. 축가를 부르던 딸 친구들도 울음을 터뜨리고 말았으니까요. 그런데도 홀아비 아빠는 끝내 울지 않더라고요.

흘러가고 싶지 않아요. 생각해보면 한순간도 흘러가지 않은 적이 없어요. 머리를 누이고 잠이 들었을 때도 흘러가고 있었어요. 감은 눈 너머로 시간은 별똥별처럼 길게 사선을 그었지요. 사는 것 속에서 죽는 것이 움트고, 죽어 없어지는 절망 속에서 살아 꿈틀대는 희망이 고개를 들었어요. 새벽, 물안개를 밀어내며 흘러가는 강줄기를 보신 적 있으신가요. 불어오는 바람을 따라 물안개가 눕고, 누운 물안개 밑으로 거꾸로 거슬러 오르는 물결을 보신 적 있으신가요. 아시잖아요, 당신도. 그런다고 거꾸로 흐를 강이 아니라는 것을요.

말로는 홀가분하다고 했어요. 시집가서 잘 살면 그만이지, 그러면서요. 그래선지 술도 많이 마시지 않더라고요. 한 잔 마시고 돌아서는 퇴근길이 건듯했어요. 취한 기색도 없이 걸어가는 뒷모습이 반듯했으니까요. 홀아비 속을 친구라고 다 아는 건 아니잖아요. 마을버스에서 내린 홀아비는 동네를 한 바퀴 돌아요. 집으로 향하는 직선 코스가 있는데도 무시하고 커다랗게 원을 그리며 돌아요. 기왕이면 느린 발걸음으로 천천히 동그라미를 그리며 돌아요. 돌다가 집 앞에 도착하면, 처음부터 다시 동그라미를 그리며 동네를 돌아요.

흘러가고 싶지 않아도 흘러갈 수밖에 없을 때가 많아요.

면 麵

허리를 굽히지 않는다. 구부려 조아리느니 분질러지고 만다. 땡볕을 버티고 바람을 견뎌서일까. 국수는 흙 같고 풀 같고 나무 같다. 반듯한 일직선의 메마름, 국수가 품은 한 방향의 나아감에는 그 어떤 타협도 없다. 땀과 시간으로만 빚을 수 있는 반듯한 눈물이라서, 잘 말린 국수에 코를 대면 가을걷이를 마친 들녘의 흙냄새가 난다. 흙으로 돌아간 아비의 담배 냄새와 하얗게 시든 어미의 머리카락 냄새가 난다.

낮을 가리지 않는다. 사람을 가려서 눕거나 풀어지지도 않는다. 모진 세상을 악다물고 태어나서일까. 라면은 밥 같고 술 같고 애인 같다. 틀에 맞춰 찍어낸 아찔함, 라면이 품은 비틀린 운명에는 그 어떤 자유도 없다. 상술과 기계로만 찍어 낼 수 있는

굴곡진 눈물이라서, 끓어오르는 라면에 귀를 대면 바르르 떠는 세상살이의 온갖 설움이 들린다. 돈을 좇아 서울로 간 첫사랑의 작별인사와 그녀를 태운 밤기차의 기적소리가 들린다.

국수는 부지런한 것들이 들판에 뿌린 숨소리를 닮았다. 숨을 머금고 알곡을 잉태한 흙의 마음씨를 닮았다. 머금었다 피어나는 흙을 닮아서, 국수는 때를 기다리며 침묵할 줄 안다. 팔팔 끓는 물에 온몸을 던질 때까지 국수는 반듯하게 입을 다물고 세상과 단절한다. 쩍쩍 갈라진 논바닥에 소낙비가 쏟아지듯 솥단지에 물이 끓어야 비로소 국수는 침묵을 벗고 세상을 향해 몸을 던진다. 비를 만난 땅에 생명이 움트듯 물을 만난 국수가 살아 꿈틀댄다.

라면은 가난한 것들이 도시에 뿌린 땀 냄새를 닮았다. 꿈을 머금고 단칸 셋방에 둥지를 튼 어린 것들을 닮았다. 하루 벌어 하루 사는 가여운 것들을 닮아서, 라면은 누구에게나 기꺼이 가슴을 연다. 굴곡지고 비틀린 속살을 뜨거운 불길에 데워 굶주린 하루를 달랜다. 노동에 지치고 멸시에 멍든 가슴에 밥이 되고 술이 되어 안긴다. 빨갛게 풀어진 국물로 다가가서 애인의 품처럼 뜨겁게 녹아내린다. 라면은 생김새와 돈벌이에 차별을 두지 않는다.

삶아진 국수의 진면목은 찬물에 다시 씻어내면서 드러난다.
구부려 조아리느니 분질러지고 말던 국수는 온데간데없고 젓가
락 따라 휘감기는 맛깔스런 국수만 번듯하다. 참고 견뎌야 비로
소 살아나는 것, 그것이 라면에게는 없는 국수의 참맛이다. 그렇
다고 국수만을 좇으며 세상을 살 순 없다. 참고 견디는 것이 숙
명 같은 자들에게 기꺼이 가슴을 열고 끓어 올라줄 수 있는 건
국수가 아니라 라면이다. 국수에게는 없는 절박함이 라면에게는
있다.

지금도, 어디선가 물이 끓고 있다.

컹

컹 소리 내 짖을 때, 개의 절망은 깊다. 짖는 게 아니라 우는 거라고, 길게 목을 뺀 개가 소리를 지른다. 짧은 음音과 음吟의 반복이지만, 음音과 음吟 사이의 단절이 깊어서 소리는 목이 멘다. 목멘 소리가 개의 목을 타고 기어 올라와 악 벌린 이빨 사이로 터져 나온다. 컹, 나는 짖는 게 아니다. 짖기만 하는 개가 아니다.

우는 아이는 벌을 서야 한다. 울다 들키면 간식도 없다. 없어서, 몰래 화장실에서 운다. 용변도 보지 않는데 쪼그리고 앉아, 변기 물이 쏟아질 때 왈칵 따라서 운다. 이곳의 아이들은 원장님을 아빠라고 불러야 한다. 아빠가 있는데, 엄마도 있는데, 이혼한 엄마와 아빠는 몇 년째 소식이 없다. 기다리다 보면 데리러 오기는 하는 걸까.

내일이면 집이 없다. 열여덟 살이 되면 집을 나가야 한다. 그것이 세상과 사회와 나라가 정한 약속이다. 세련된 말로는 법法이라고 한다던가. 하긴, 사람들은 우리가 사는 집을 집이라고 부르지도 않는다. 우리가 사는 집을 사람들은 '시설'이라고 부른다. 자립지원금 오백만 원, 이 돈이면 고시원에서 얼마나 살 수 있을까. 연락 끊긴 부모는 얼굴조차 기억나지 않는다.

차라리 고아였으면 좋았을 것을. 자립지원금 오백만 원 받은 걸 어떻게 알았을까. 십 년 동안 찾지 않던 엄마에게서 연락이 왔다. 사는 게 힘들다며 계좌번호를 남겼다. 공장에 취직한 뒤로는 직접 찾아오기도 했다. 주머니에서 약봉지를 꺼내놓은 아빠는, 물 한 모금 마실 때마다 잔기침을 했다. 양육책임은 없고 부양책임만 있는 오늘, 부모 없는 고아가 부럽다.

해마다 천 명의 아이들이 길에 버려진다. 시설에 맡겨지는 아이들의 숫자는 사천 명에 달한다. 그렇게 버려지거나 맡겨진 이만칠천 명의 아이들이 보육시설에서 살고 있다. 말이 고아원이지 열에 여덟은 부모가 있는 아이들이다. 이제 더 이상 고아원에는 고아가 없다. 부모에게 버려진 아이들이 모여 사는 곳이 그 곳이다.

허가받지 않고 버려지는 사람은 아이들 말고도 많다. 늙고 병들어 가족과 사회로부터 지워져 버린 사람들은 집에 갇힌 상태로 버려진다. 집 바깥으로 쫓겨나는 것만 버려지는 게 아니다. 버려짐은 집과 상관없이 행해질 수 있어서, 빤히 집안에 살고 있어도 가족과 이웃과 사회로부터 버려진다. 이때의 버려짐 또한 그 누구로부터 허가를 받지 않은 버려짐이다.

컹 소리 내 짖을 때, 개의 절망은 깊다. 짖는 게 아니라 우는 거라고, 길게 목을 뺀 개가 소리를 지른다. 나는 키우다 버리는 짐승이 아니다. 목에 맨 줄 따라 이리저리 끌려다니는 그림자가 아니다. 소, 돼지, 고양이, 새, 풀벌레, 그리고 사람처럼. 그만 짖고 이제는 울고 싶다. 컹, 컹, 컹, 개 짖는 소리가 들린다. 소리는 절망처럼 깊다.

4장

어둠

너머

색^色

새댁은 경찰서 앞마당 우물에
몸을 던졌다. 휴전협정이 막바지로 치닫던 그해 정월이었다. 형
사들의 겁박에 시달리던 새댁은 우물로 도망쳐 빠져 죽었다. 살
아남은 건 우물가에 벗겨진 고무신 한 짝뿐이었다. 딸이 남긴 고
무신을 보자 새댁의 어미는 그 자리에서 기절했다. 새댁의 시신
은 두레박에 묶여 우물 밖으로 나왔다. 건져 올린 시신 위로 가
마니가 덮일 때, 좌익이었던 새댁 남편은 북으로 가고 없었다.

소달구지에 실린 주검이 마을로 돌아왔지만, 누구 하나 고개
를 내밀지 못했다. 곡소리조차 담을 넘지 못하고 마당에 붙어 기
어 다녔다. 장례랄 것도 절차랄 것도 따로 없었다. 시신은 관도
없이 덕석에 말아 뒷산에 묻었다. 얼어붙은 뽕밭에 시신을 묻을
때, 늙은이와 아낙네들만 구덩이에 코를 박고 울었다. 개중에는

왜 우는 줄도 모르고 따라 우는 어린 것도 있었다. 사내라고 생긴 것들은 죄다 어딘가로 잡혀가고 없었다.

잡혀가지 않은 사내들은 똥통 밑에 기어들어가 숨을 참았다. 똥통에서의 은신은 대나무밭에 땅굴이 완성될 때까지 계속되었다. 딸을 잃은 어미는 사내들을 지키기 위해 사력을 다했다. 새벽마다 대나무밭을 들락거리는 것도 어미의 몫이었다. 어미는 사내들이 요강에 싼 똥을 받아 땅에 묻고, 사내들은 어미가 뭉친 주먹밥을 받아먹었다. 똥과 밥의 물물교환은 어미가 피를 토하며 죽을 때까지 계속되었다. 대나무밭에 숨은 사내들은 어미의 임종을 지켜보지 못했다. 마을 아낙들은 화병이 어미를 죽였다고 혀를 찼다.

그렇게 내 할머니는 죽었다. 묻힐 수도 있었던 고모와 할머니의 사연을 나는 내 어머니에게서 전해 들었다. 내 어머니가 그랬듯이, 보도연맹과 노근리와 거창과 강화와 함양 등지에서 살아남은 가족들 또한, 한국전쟁이 낳은 아픔을 기억하고 있을 것이다. 단순히, 빨갱이와 친했거나 빨갱이를 도왔거나 빨갱이와 일가친척이라는 이유만으로 학살당하다가, 급기야 빨갱이와 아무런 관련 없는 자들까지 빨갱이로 몰아 죽임을 당했던 처참한 순간을 말이다. 그렇다면 전쟁이 끝난 지금은 어떨까.

안타깝게도, 칠십여 년이 지난 지금까지 빨갱이타령은 여전하다. 이유가 뭘까 생각하다가 '휴전'이라는 단어가 가슴에 박혔다. '아, 우리는 아직도 휴전상태였지.' 어쩌면 그래서 빨갱이타령이 유효한 것인지도 모르겠다. 우리는 아직도 남북이 전쟁 중이니까. 남과 북의 의지만으로는 휴전협정을 평화협정으로 바꿀 수 없으니까. 칠십여 년이 지났는데도 여전히, 남과 북의 민족은 서로를 '적'으로 간주해야 하니까. 국가보안법이 죽지 않고 살아 있는 것도 그래서겠지. 그것이 있어야 빨갱이타령에도 체면이 설 테니까.

나와 우리가 죽고 죽어 일백 번 고쳐 죽고 나면, 우리네 땅 한 반도에도 평화가 찾아올까. 빨갱이 파랭이 인종차별 없는 재미난 세상이 펼쳐질까. 신의주에서 부산까지 전철을 타고 출근했다가 버스를 타고 퇴근할 수 있을까. 어떨까. 나와 우리가 죽고 죽어 일백 번 고쳐 죽고 나면.

집

집은 단순히 잠을 자는 곳이 아니다. 하루가 열렸다가 닫히는 곳이 집이고, 한 사람의 생애가 시작되었다가 마무리되는 곳이 집이다. 집은, 아이를 잉태한 어머니의 자궁이고, 가족을 품은 울타리이고, 문명을 보듬은 사회이고, 국민을 보살피는 국가이고, 생명을 품은 녹색의 별 지구이고, 천지만물의 조화가 싹트는 우주다. 그런 점에서, 셀 수도 측정할 수도 없는 광활한 영역의 집을 네 개의 벽에 둘러싸인 몇 평짜리 공간으로 규정짓는 것은 인간의 착각이다. 지구에 사는 그 어떤 동물도 인간처럼 집을 규정하지 않는다.

어쩌면 인간사회의 비극도 거기에서 출발하였는지 모른다. 땅에 기둥을 세우고 지금부터 이곳은 내 집이니 들어오지 말라고 우기는 순간, 자연의 일부였던 집은 욕심의 일부가 되고 만다. 집이 빚어낸 욕심은 마당과 논밭으로 확장되면서, 너나 할 것 없이 땅에 선을 긋고 자신의 영역이라 우겨대기 시작했다. 인간들의 영역표시는, 땅을 품은 자연이 보기에 어이없는 행동이었다. 땅과 물과 공기를 빌려 쓰는 동물이 어찌 그것의 소유권을 주장할 수 있겠는가. 그럼에도 인간이라는 동물은 땅과 바다와 하늘에 선을 긋고 제 것이라 우겼다.

우긴다고 땅과 바다와 하늘이 누구의 것이 될 수 있을까. 생명을 지닌 것들은 결국 자연으로 돌아가기 마련이다. 자연의 일부가 모여 생명이 탄생하듯이, 생명의 소멸 역시 자연의 일부로 흩어지는 것이다. 나고 자라고 흩어지는 과정은 지극히 자연스러운 대자연의 법칙이다. 그것이 아닌, 절대불변의 생명체를 나는 아직껏 발견하지 못했다. 생명이 다해 자연으로 돌아간 것 중에 흙과 물과 공기로 변해 흩어지지 않는 것은 없다. 죽고 나면, 한 줌 티끌로 변해 흩어지고 말 자연의 일부가 대자연에 선을 긋고 소유권을 주장하는 것은 억지다.

흩어져서 사라지고 말 것이 변치 않고 지켜내는 것을 소유할 수 있는가. 전체를 이루는 일부가 전체를 소유할 수 있는가. 억

지이고 모순임에도 우리 사회에서는 소유권이 인정된다. 땅에 선을 긋고 죽은 뒤에도 권리와 증서를 물려줄 수 있다. 그것이 우리 사회가 처한 불평등의 또 다른 출발점이다. 집과 땅을 인간과 인간집단이 서로 나누어 가질 때, 나아가 집과 땅에 인접한 바다와 하늘까지 소유의 주체를 놓고 다툴 때, 나누고 다투는 기준은 힘이고 권력이었다. 당연히 누구나 가질 수 있는 '자유'가 없었고, 누구에게나 '평등'하게 나누어지지 않았다.

집과 땅과 바다와 하늘에 대한, 도저히 소유할 수 없는 것을 소유할 수 있게 문서화한 인간의 역사는 지금도 여전하다. 달라진 게 있다면, 소유를 다투는 힘과 권력의 균형추가 총칼에서 부富로 기운 것이다. 돈이 집과 땅을 소유하고 거래하는 주체가 되면서, 집과 땅은 사람을 위한 공간이 아니다. 머물고 쉬고 사랑하고 협력하는 공동체 개념마저 퇴색하고 말았다. 우리 사회에서 집과 땅은 돈이고 인격이고 신분이고 특권이다. 좀 더 많이, 좀 더 넓게, 소유한 사람일수록 많이 벌고 넓게 누린다. 이제는 사람 대신 돈이 집에서 산다.

또

창을 열면 물안개가 짙다. 늘 그렇다. 강江에 기대 사는 마을의 아침은 물안개로 시작된다. 안개는 강과 산과 들의 경계를 지우고 기억에 박힌 익숙함 마저 지운다. 물까마귀 울음이 안개 너머에서 날아와 단풍나무 이파리를 흔든다. 안개에 갇힌 까마귀 울음은 반듯하게 착지하지 못하고 마당에 나뒹군다. 강을 건너온 까마귀 울음에 잣나무 숲에 사는 딱따구리가 화답한다. '까악'은 애달프고 '딱딱'은 절박하다. 둘의 울음은, 전선戰線을 사이에 두고 암호를 주고받는 스파이들의 교신 같다.

강을 덮은 물안개는 전쟁의 참상을 덮는 연기煙氣 같다. 물안개를 따라 팔레스타인 가자지구와 미얀마 로힝야족 마을이 흘러간다. 물안개의 발걸음은 강물의 흐름만큼이나 더디다. 물안개의 느린 발걸음은, 링거에 의지하고 숨을 뱉는 다섯 살 아이의 맥박 같다. 강을 덮은 물안개가 강을 거슬러 나아간다. 강도 따라 거꾸로 흘러가는 것 같다. 죽임으로 역사를 거스르는 반역의 걸음걸이도 저러할까. 비틀거리려는 아침, 창틀에 손을 짚고 거꾸로 흐르는 물안개를 바라본다. 아직 해는 뜨지 않았다.

물안개가 자욱하기는 인터넷 세상도 마찬가지다. 새벽 내내, 인터넷 창(MS Windows)을 열고 물안개에 젖은 세상을 보았다. 지구촌이 코로나바이러스로 신음할 때, 세계 최대의 부자 열 사람은 5천 4백억 달러를 벌어들였다. 그중 하나인 아마존의 CEO 제프 베조스의 재산은 223조 8705억 원이다. 그는 최근 우주여행을 하였다. 지구 대기권 밖에서 무중력 상태를 즐기다 돌아오는 게 여행의 전부였다. 그가 황홀한 눈빛으로 대기권 밖에서 지구를 내려다볼 때, 지구에서는 2억 명의 사람들이 코로나바이러스에 감염되고 4백 2십만 명이 죽었다.

죽거나 병듦에서 제외된 사람들은 하늘에서 쏟아지는 별똥별을 보며 소원을 빌었다. 페르세우스 유성은 전 세계의 밤하늘에서 고르게 관측되었다. 사람들을 향해 쏟아진 별똥별은 지갑의 무게와 상관없이 공평했다. 공평하게 쏟아지는 별똥별을 향해 사람들은 마음의 창을 열었다. 아프간을 철수하는 미군도, 미군이 없는 도시를 탈환하는 탈레반도, 밤하늘을 보며 소원을 빌었다. 소원을 비는 대상은 서로 같았지만, 대상을 향해 기원하는 소원은 서로 달랐다. 서로 다른 소원들이 별똥별로 향할 때, 방아쇠는 당겨지지 않았다.

창을 열면 숨이 가쁘다. 늘 그렇다. 도시에 기대 사는 사람들의 하루는 가쁜 숨으로 시작된다. 가쁜 숨은 골목과 계단과 횡단보도를 덮고 부족한 잠마저 툴 털어낸다. 새벽 첫차를 알리는 안내방송이 지하철역 플랫폼을 흔든다. 동여맨 구두끈이 주인을 따라 지하철역 계단을 오른다. 오르고 내릴 때, KF-94 방역 마스크로도 가쁜 숨은 가려지지 않는다. 가쁜 숨을 감춘 사람들이 줄을 서서 꾸벅 존다. 졸음을 버티는 사람들 앞으로 새벽 첫차의 문이 덜컥 열린다. '덜컥' 열리는 문 앞에서 '꾸벅' 조는 사람들의 아침은 속절없다.

또, 그렇게 하루가 열린다.

꿈

우리는 오늘도 어김없이 꿈을 꾼다. 모든 사람이 고루 행복해지는 꿈이다. 모두가 행복한 세상을 누군가는 유토피아^{Utopia} 라고 하였다. 하지만 안타깝게도 유토피아는 없다. 토머스 모어가 쓴 유토피아는 공상소설이다. '어디에도 없다'라는 뜻의 유토피아도 그가 만든 말이다. 지은이조차 없다고 고백한 유토피아를 소설 밖에서 찾는 건 무리다. 낙원이나 천국 혹은 이상향이나 파라다이스 같은 것도 마찬가지다.

우리가 사는 세상에 유토피아는 없다. 없지만, 아니 어쩌면 없어서 더더욱, 유토피아라는 꿈을 현실이라는 종이에 그리고 싶은지 모른다. 꿈을 현실로 바꾸려는 시도는 지금 이 순간에도 지구촌 곳곳에서 진행 중이다. 물론, 시도하거나 진행되는 프로

젝트의 명칭과 내용은 서로 다르다. 다름에도 우리가 그 꿈에 애정을 쏟는 것은, 그들이 그리려는 꿈의 배경이 '누구나 행복한 사회'이기 때문이다.

아, 누구나 행복한 사회라니. 생각만 해도 가슴 두근거리는 꿈이 아닐 수 없다. 도대체 그들이 꿈꾸는 누구나 행복한 사회는 어떤 세상일까. 나는 그들의 꿈을 머릿속으로 그려보기도 전에 '누구나 행복한'이라는 어감의 완벽함에 압도당하고 만다. 고백하건대 나는 너무도 불완전한 사람이다. 살아낸 세상살이 또한 불완전하기 짝이 없어서, 완벽이라는 것의 일부가 될 나의 모습이 선뜻 그려지지 않는다.

생각해 보면, 유토피아는 동화 속 어린왕자가 사는 '소혹성 B612' 같은 것일지 모른다. 지브롤터 해협에 가라앉았다는 전설의 섬 아틀란티스를 건져 올려서, 누구나 행복한 사회를 다큐멘터리로 제작하려는 초현실주의 작가의 시나리오 같다고나 할까. 없음에서 있음을 촬영하려는 것은 다큐멘터리라 할 수 없겠으나, 꿈이란 실재하지 않음에서 실재할 수 있음을 찾는 것이라서, 지구별에 쏟는 그들의 안간힘은 결코 한여름 밤의 꿈이 아니다.

그들은 천국이나 내세來世처럼 멀고 아득한 곳에서 꿈을 찾지 않는다. 그들이 꿈꾸는 누구나 행복한 사회는 우리가 발 딛고 사는 지금 여기에 있다. 보고 듣고 말하는 지금에 있고, 입고 먹고 잠을 자는 여기에 있다. 세상살이에 짓눌려 아파하는 사람들 속에 있고, 사람이 주인이라는 민주주의의 허울 속에 있다. 몸은 허울 속에 갇혔지만, 그들은 갇힌 몸을 뛰어넘어 허울 밖에서 희망을 찾는다. 그것이 그들의 꿈이다. 그런 까닭으로 나는 그들을 좋아한다. 그들이 꿈꾸는 모두가 행복한 사회를 응원한다.

유토피아는 없다. 그래서 꿈이다. 그리 보면, 꿈을 꾸는 지금 이 순간이 유토피아다. 꿈을 꾸자. 막힘없이 나아가 덩실덩실 춤을 추는 꿈을 꾸자. 주저 없이 일어나 도란도란 노래하는 꿈을 꾸자. 어림과 늙음이 촘촘하게 채워지는 나이테로 꿈을 꾸자. 손바닥과 손등이 마주 보고 맞절하는 꿈을 꾸자. 북과 남으로 천지사방에 장마당 열리는 꿈을 꾸자. 동과 서로 오만가지 웃음꽃 만발하는 꿈을 꾸자. 그것 말고는 우리에게 유토피아란 없다. 그러니 꿈을 꾸자.

택 擇

선택의 연속이다. 멈출 것인가 나아갈 것인가. 숙일 것인가 치켜들 것인가. 침묵할 것인가 소리칠 것인가. 마주 잡을 것인가 뿌리칠 것인가. 도대체 어쩔 것인가. 수도 없이 마주하는 갈림길에서 어느 하나를 택하는 것이 세상살이다. 진로도 믿음도 결혼도 선택의 순간을 비껴갈 순 없다. 꿈도 희망도 명예도 마찬가지다. 어쩔 수 없는 선택의 순간은 삶과 죽음의 갈림길에도 등장한다. 살릴 것인가 죽일 것인가. 살려서 죽을 것인가 죽여서 살아남을 것인가.

한국전쟁이 한창이던 1950년 12월 18일, 서울은 중공군에게 함락될 처지였다. 후퇴하라는 명령이 전군에 떨어졌지만, 미 공군 중령 러셀 블레이즈델Russell L. Blaisdell은 명령에 따르지 않았다. 그는 전쟁물자 대신 1,069명의 전쟁고아를 C-54 수송기에 태워 제주도로 피신시켰다. 김포비행장까지는 해병대 트럭 14대를 동원해 실어 날랐다. 트럭을 징발할 때, 러셀은 상부의 명령이라고 운전병들을 속였다.

- 죽음에 내몰린 아이들을 죽게 놔두는 것이 군인이라면, 지금 즉시 군복을 벗겠습니다.

군사재판에 회부된 러셀 중령이 왜 명령을 어겼는지 묻는 판사에게 답한 대답이다. 대답을 들은 판사는 군법을 어긴 죄인이 었음에도 러셀 중령을 처벌하지 않았다. 대령으로 예편한 러셀은 뉴욕주 사회복지부 대표를 지내다 2007년 죽었다. 훗날, 러셀은 한국판 '쉰들러 리스트'의 주인공으로 불렸다. 상부의 명령을 거역한 군인은 우리나라에도 있었다. 한국전쟁에서 화랑무공훈장을 받은 육사 8기 졸업생 안병하는 1962년 11월 경찰 총경으로 특채되었다.

1980년 5·18 광주항쟁 당시 안병하는 전라남도 경찰국장이었다. 그는 '시위대에 발포하라'는 전두환 신군부의 명령을 거역했다. 발포는커녕, 경찰국장 안병하는 부상당한 시위대를 치료

하고 음식을 제공할 것을 경찰들에게 지시했다. 전두환 신군부는 '직무유기 및 지휘포기혐의'로 안병하를 체포했다. 직위를 해제당한 체 보안사령부에 끌려갔던 안병하는 고문후유증에 시달리다 1988년 10월 숨을 거뒀다.

　- 상대는 우리가 생명과 재산을 보호해야 할 시민인데, 경찰이 어떻게 총을 들 수 있느냐.

　경찰국장 안병하가 전두환 신군부의 명령을 거역한 이유였다. 러셀과 안병하는 명령 거부라는 선택을 똑같이 하였다. 살고자 하면 죽을 것이라는 이순신 장군의 다짐과 같은 선택이었다. 둘의 선택은 전쟁고아와 광주시민을 죽음의 총구멍으로부터 살려냈다. 똑같이 살려냈지만 그 대가는 서로 달랐다. 대령으로 승진해 뉴욕주 사회복지부 대표까지 지낸 러셀과 달리 안병하는 직위를 박탈당하고 고문후유증에 시달리다 쓸쓸히 죽었다.

　또다시 유월이다. 한국전쟁과 유월항쟁의 바로 그 유월이다. 또다시 떠오른 유월의 역사는 우리를 향해 묻는다. 살릴 것인가 죽일 것인가. 살려서 죽을 것인가 죽여서 살아남을 것인가. 우리가 택해야 할 길은 과연 어느 것인가.

옥 獄

말을 못 하는 곳이 감옥^{監獄}이다. 옥살이를 뜻하는 옥^獄은, 두 마리의 개^{犭·犬}가 말^言을 못 하게 감시하는 모양새이다. 한자가 처음 만들어질 때와 비교할 순 없겠지만, 옥살이를 하는 죄인의 처지는 크게 다르지 않다. 교도소에서는 감방을 나눠 죄수를 가두고 말을 통제한다. 한자에 새겨진 두 마리 개의 역할은 벽과 철문과 쇠창살과 감시카메라가 대신한다. 감방은 잠을 자는 밤에도 전등이 꺼지지 않는다. 전등을 켜고 끄는 스위치가 감방에는 없다. 감방을 감시하는 전등 불빛은 취침이나 기상나팔과 상관없이 하루 스물네 시간 감방을 비춘다.

감옥살이는 말을 빼앗김으로 시작된다. 말과 함께 이름도 사라진다. 사라진 이름을 대신하는 것은 죄수 번호인데, 면회와 편지와 진료와 재판 과정에서도 마찬가지이다. 사람은 없고 번호만 살아 숨 쉬는 곳이 감옥이다. 취침시간을 제외하면 바닥에 눕거나 벽에 등을 기대서도 안 된다. 노래는 고사하고 웃거나 떠들어도 곤란해진다. 화장실 벽이 낮아서, 변기에 앉아도 상체가 고스란히 드러난다. 항문 속까지 검사하는 교도소에서 볼일 보는 걸 감시하는 것은 상식이다. 감옥은, 몸과 말을 함께 가두는 네모난 벽이다.

그럼에도 예외는 있다. 네모난 벽이라고 해서 모든 걸 완벽하게 가둘 순 없다. 이를테면 꿈이라거나 희망이라거나 사랑 같은 것이 그렇다. 연애도 마찬가지다. 나는 네모난 벽에 갇혀 아내와 연애했다. 흔히 말하는 캠퍼스 커플이었는데, 내가 감옥에 갇히자 아내는 대학을 중퇴하고 공장에 취직했다. 냉장고 부품을 조립하는 대우전자 하청공장이었다. 공장에서 일하고 받은 월급으로 아내는 내게 영치금과 속옷과 양말과 책을 차입差入 했다. 편지로나마 공장 생활에 대해 물으면, 답장 끄트머리에 지낼 만하다고 짧게 적었다.

결혼은 감옥살이를 마친 이듬해에 했다. 김영삼 정권의 특별 사면으로 풀려난 뒤였다. 테두리에 봉황 문양이 새겨진 사면복

권 증서를 그때 받았는데 몇 번의 이사 끝에 잃어버렸다. 아이들이 자라면서 엄마와 아빠의 연애에 대해 물을 때면, 더하거나 빼지 않고 그대로 들려주었다. 그래서인지 우리 아이들에겐 연애와 결혼을 동시에 이루려는 욕심이 있다. 하지만 그게 그리 쉬운 일인가. 큰아이는 군대에 있을 때 여자 친구에게 차였고, 간호사로 일하는 딸은 교대 근무에 치여서 연애와 담을 쌓았다. 열애 중인 것은 막내뿐인데 아직 학생이라 가야 할 길이 만만찮다.

응원이라 해도 좋고, 조언이라 해도 좋다. 우리 아이들 가운데 이 글을 보는 아이가 있다면 서두르지 말 것을 당부하고 싶다. 연애든 결혼이든 세상살이든 서둘러서 될 일이 아니다. 서두름은 서투름과 닮은꼴이어서 뜻밖의 결과를 낳을 수 있다. 아이들아, 감옥은 멀리 있거나 따로 있지 않다. 말과 말이 서로 보듬지 않거나 통하지 못하면 그곳이 바로 감옥이다. 부부의 침실도 가족도 직장도 사회도 감옥이 될 수 있음은 마찬가지다. 너희들도 보아서 알고 있지 않느냐. 우리 사회는 거짓말이 참말을 가두고 감시하는 말틀 감옥이다.

말틀이 갇히면 감옥이다.
천지가 감옥이다.

귀^耳

'이비'라는 말이 있다. 지금은 잊어버린 말이다. 우는 아이를 달랠 때, 어른들은 '이비 온다'라고 했었다. 어른들이 말하는 이비는 '귀^耳와 코^鼻를 자르는 짐승'을 뜻했다. 이 짐승들이 처음 세상에 나타난 것은 임진왜란 때였다. 도요토미 히데요시에게 바칠 전리품으로 왜군들은 조선 백성의 귀와 코를 잘랐다. 머리는 크고 무거워서 대신 자른 것이 귀와 코였다. 전리품으로 자른 귀와 코는 소금에 절여 일본으로 보냈다.

조선 백성들의 잘린 귀와 코를 도요토미 히데요시는 교토에 묻었다. 땅을 파고 매장할 때, 도요토미 히데요시는 그 위에 오륜석탑을 세웠다. 희생된 조선 백성의 원혼을 석탑의 힘으로 찍

어 누르기 위해서였다. 일본 교토시 히가시야마구에 가면 조선 백성의 귀와 코가 묻힌 무덤이 아직도 그대로 있다. 일본말로는 미미즈카*みみづか*라고 부르고 한문으로는 이총耳塚이라 표기한다. 귀와 코가 잘려 이총에 묻힌 조선 백성의 수는 12만6천 명이었다.

'이비'라는 말이 있다. 지금은 잊어버린 말이다. 우는 아이를 달랠 때, 어른들은 '이비 온다'라고 했었다. '귀耳와 코鼻를 자르는 짐승'은 일제강점기에도 출몰했다. 이때 출몰한 이비들은 자른 귀와 코를 소금에 절여 일본에 보내지 않았다. 대신 조선 백성의 귀를 영원히 멀게 하여 일본 제국주의에 놀아나는 앞잡이가 되게 하거나 노예로 살게 하였다. 일제강점기의 이비들은 우리의 말과 글과 역사와 이름을 빼앗고 정신마저 이비들의 것으로 바꾸려고 하였다.

2차 세계대전에 패한 일본이 항복을 선언했을 때, 조선에 남은 이비들은 항복하지 않았다. 일제의 앞잡이가 되어 스스로 이비가 되어 살았던 조선인들이었다. 흔히 '친일파'라 불리는 이비들은 '반민족 행위 특별조사위원회(반민특위)'가 설치되었어도 살아남았다. 미군정과 이승만 정권은 분단 현실을 빌미로 친일파 정치인과 경찰과 관료와 군인들에게 다시 권력을 주었다. 살아남은 친일파 이비들은 백범 김구를 암살하고, 반민특위를 붕괴시켰다.

'이비'라는 말이 있다. 이비의 후예들은 80년 5월 광주에도 출몰했다. 전두환 신군부의 명령을 받고 광주에 출동한 공수부대는 80년 5월 19일, 청각장애인 김경철을 죽였다. 딸의 백일잔치를 하고 나온 김경철은 백주에 계엄군에게 맞아 죽었다. 뒤통수가 깨지고, 눈알이 터지고, 팔다리가 부러지고, 엉덩이와 허벅지가 으깨져 죽었다. 듣지도 말하지도 못하는 청각장애인 김경철은 자신이 왜 죽어야 하는지도 모른 채 맞아 죽었다. 계엄군에 의한 최초사망자였다.

전두환이 이끄는 신군부는 80년 5월 광주시민을 폭도로 몰아 살육 작전을 펼쳤다. 가두고 고문하고 대검으로 찌르고 총으로 쏘고 죽였다. 휴전선을 지켜야 할 군대를 빼돌려 광주시민을 학살했다. 학살에 저항하는 세력은 내란음모로 엮어 가두거나 간첩으로 몰아 고문했다. 신문도 방송도 진실에 귀를 막은 채 보안사령관 전두환을 추종하는 현대판 이비가 되었다. 그 모든 것이 전두환을 대통령으로 만들기 위한 K-공작계획의 시나리오였다.(공작계획의 K는 'King'을 뜻했다.)

2021년 오늘, 지금은 어떤가. 더 이상 이비들은 사라지고 없는가.

죄 罪
세월호 참사 7주기를 맞아

사월이면, 깜깜하고 시린 사월 어느 밤이면, 소주 한 잔 목구멍으로 밀어 넣고 밤바다로 향하는 아비가 있어. 아비의 손에는 까만 비닐봉지가 들려있지. 철 지난 겨울양말과 장갑과 내복이 들어있는 봉투 말이야. 바다는 그때의 바다나 지금의 바다나 다를 것 없어. 칠 년이라는 세월에도 어김없이 침묵할 뿐이야. 어둠은 수평선 너머로 가라앉았고, 그리움만 하얀 띠가 되어 파도처럼 달려들지. 술을 비워도 아비는 취하지 않아. 취할 수 없어. 봉투를 풀어 시커먼 바닷물에 내복을 입히지. 양말을 신기고, 장갑을 끼워 줘.

- 추웠어?

아비는 바위에 붙은 따개비처럼 밤을 지새워. 술도 목으로 넘어가질 않아. 술에서 바닷물에 흔들리는 해초 냄새가 나. 흔들리는 해초 이파리가 딸의 손가락 같아. 아빠, 안녕. 웃을 때 드러나는 덧니 같아. 교복에 붙은 이름표 같아. 이름표에 새겨진 이름 같아. 딸의 숨소리 같아. 아비는 숨을 쉴 수가 없어. 자식을 잃고도 숨을 쉬고 있는 자신이 죄인 같아서. 때만 되면 고파지는 배가 기가 막혀서. 이런 것도 아비라고 할 수 있을까. 토해내고 토해내도 밤바다는 말이 없어. 목이 쉬도록 불러도 대답이 없어.

- 추웠어?

숨이 막혀서, 사월만 되면 잠을 잘 수가 없어. 그래서 잔인한 달이라고 하는 걸까. 아비는 사월이 무서워. 십육일이 되면 하루가 일 년 같아. 아침 여덟 시 오십 분이 다가오면 오금이 저리고 손발에 피가 돌지 않아. 너의 방문 앞에 서 보지만 차마 문을 열 용기가 없어. 아무도 없을 게 분명한 너의 방문 앞에서, 숨죽이고 있는 아비가 한심해. 어디선가 자동차 경적이라도 들려오면 귓속에서 물방울 소리가 메아리쳐. 떠올랐다 가라앉으며 아우성

치는 수백 개의 물방울. 아비는 물이 두려워. 지금도 눈을 감으면 물에서 건져 올린 너의 얼굴이 떠올라.

　- 추웠어?

　아비는 시간이 멈추기를 바랄 때가 많아. 영영 아침이 찾아오지 않았으면 좋겠어. 또다시 태양이 떠오르는 것이 두려워. 아무 일도 없었다는 것처럼 출근을 하고 등교를 하는 사람들 사이에 서 있기가 무서워. 딸을 앞세우고도 아직껏 살아 있다는 사실이 기가 막혀. 칠 년이 지나도록 진실을 바다에 묻고 있는 세상이 치가 떨려. 비웃고 조롱하고 손가락질하는 것들을 위해서도 기도를 해야 하는지 신에게 따지고 싶어. 신이 있다면 응답해야 할 거야. 왜 아직껏 세월호의 진실을 인양하지 않는지. 사랑과 자비는 어느 바다에 침몰해 있는지. 아비는 밤이 새도록 밤바다만 바라보고 앉아있어.

　- 추웠어?

툭

떨어졌다. 목숨 하나가 또 떨어졌다. 전옥주가 죽었다. 일흔한 살의 나이였다. 이것으로 전옥주는 완전히 죽었다. 완전한 죽음으로 세상에서 지워질 때까지, 전옥주는 수도 없이 여러 번 반복해서 죽었다. 처음 전옥주가 죽은 것은 1980년 5월 광주였다. 전두환이 이끄는 공수부대가 광주시민의 머리와 목과 가슴에 총구멍을 겨눌 때, 전옥주는 가두방송을 하며 계엄군의 학살에 맞섰다. 그것이 전옥주가 죽어야 할 이유였다.

"광주시민 여러분, 지금 우리 형제자매들이 죽어가고 있습니다. 여러분들이 도청으로 나오셔서 우리 형제자매들을 살려주십시오." 그것이 죄의 전부였다. 죽어가는 형제자매를 살려달라고 가두방송을 한 죄로 전옥주는 죽어야 했다. 전두환이 이끄는 계엄군은 전옥주를 간첩으로 조작했다. 계엄사가 발표한 '모란꽃 간첩단사건'이 그것이었다. 보안대로 끌려간 전옥주는 입에 담기도 민망한 고문을 당하며 처음 죽었다.

보안대 군인들은, 몽둥이로 매타작을 하며 열흘 동안 잠을 재우지 않았다. 야구방망이에 맞아 팔이 부러졌고 척추가 내려앉았다. 화장실도 못 가게 해서, 가슴에 총구를 겨눈 체 잔디밭에 신문지를 깔고 용변을 봤다. 성고문도 자행되었다. 전옥주의 옷을 모두 벗긴 보안대 군인들은, 총 개머리판과 30cm 나무잣대로 음부를 짓이기고 쑤셔댔다. 통증을 이기지 못해 하혈이 시작됐지만 성고문은 멈추지 않았다. 서른한 살 여성, 전옥주는 그렇게 죽었다.

간첩으로 몰려 체포되었던 전옥주는 징역 15년형을 선고받고 이듬해 4월 대통령 특별사면으로 석방됐다. 감옥에서는 풀려났지만, 가족과 사회와 국가로부터 전옥주는 다시 격리되었다. 손가락질과 멸시의 눈초리가 끝없이 전옥주를 따라다녔다. 성고문 후유증으로 인해 밤마다 자살충동이 들끓었지만, 전옥주를 품어주는 사람은 어디에도 없었다. 대한민국의 국민이었던 전옥주는 그렇게 우리 사회로부터 생매장당해 다시 죽었다.

성고문으로 죽고 사회로부터 매장당해 죽은 전옥주는, 해마다 5월만 되면 어김없이 또 죽었다. 총소리에 놀라 죽고, 군복에 소스라치다 죽고, 성고문의 수치심에 혀를 깨물다 죽었다. 그렇게 전옥주는 40여 년을 계속 죽었다. 살았으되 계속 죽을 수밖에 없는 전옥주의 비극을 그 누구도 책임지지 않았다. 청문회와 재판이 계속되었지만, 전옥주의 반복되는 죽음 앞에 죗값을 치른 자는 아무도 없었다. 벌을 받기는커녕 골프를 치며 히죽거리기 바빴다.

전옥주가 죽었다. 지난 2월 16일, 수도 없이 죽어야 했던 전옥주가 마침내 완전히 죽었다. 완전히 죽은 전옥주는 어떤 심정으로 눈을 감았을까. 눈을 감는 마지막 순간에도 아랫배를 파고드는 수치심에 이마를 찌푸렸을까. 성고문을 하며 킬킬거리던 보안대 군인들이 떠올라 자신도 모르게 두 눈을 질끈 감아버렸을까. 피맺힌 한을 끝내 풀지 못한 전옥주는 어떻게 눈을 감을 수 있었을까. 전옥주가 죽었다. 죽어야 할 자는 살아 있고 살아야 할 전옥주는 죽었다.

툭, 망월동에 모란꽃 하나 떨어졌다.

편 便

자주 듣는 질문이다. 당신은 누구 편인가. 혹은 답하고 혹은 침묵한다. 간혹 편이 없다고 애써 손사래 치는 사람도 있다. 왜 없는지, 없을 수밖에 없는지, 없어야 마땅한지, 글을 써서 입증하려고도 한다. 그럴 때, 그러니까 편이 없다고 말하는 사람이 '편이 없음을 스스로 증명하는 수단'으로 자주 사용하는 것이 '인용'引用이다.

인용은, 나 아닌 다른 사람의 생각과 주장을 빌어 나의 생각과 주장의 타당성을 밝히는 손쉬운 방법이다. 그런 만큼 인용에 동원되는 사람과 책과 말과 글귀 또한 다양하다. 철학과 사상, 과학과 예술, 심지어 신화와 종교까지 인용의 대상이 된다. 거기에 인용의 본질적인 한계가 있다. 내 것이 아닌 것을 끌고 와서 내 것으로 꾸미는 것 말이다.

그런 이유에서일까. 습관처럼, 무언가를 인용하는 사람의 글에는 눈길이 오래 머물지 않는다. 손쉽게 빌려온 말이나 글에는 생각이 뿌리내릴 틈이 없다. 틈이 없는데 어느 깊이에 공감이 고이겠는가. 공자와 예수와 싯다르타의 말과 글을 날마다 노래한다고 공자와 예수와 싯다르타가 되진 않는다. 백 마디의 인용보다 솔직한 생각 하나에 눈길이 머묾도 그래서다.

편이 없는 사람은 없다. 없다고 하는 순간 새롭게 편이 갈린다. 있거나 혹은 없거나. 대다수 경우에는 드러내기 싫어 없다고 할 것이다. 충분히 이해한다. 드러냄으로 인해 받게 될 눈총이 따가운 세상이니까. 그렇다고 '중도'라고 우기지는 말자. 편이 없을 수 없듯이 중도 또한 없다. 어떠한 정책이나 이슈에 따라 이쪽 편이었다가 저쪽 편이 될 수 있을 뿐이다.

물론 선택이 모호해서 유보할 순 있다. 그럼에도 '이도저도 다 싫다'라며 싸잡아 비난하는 것이 중도는 아니다. 그것은 그냥, 이도 저도 다 싫은 사람들끼리 뭉친 또 다른 편이다. 이쪽 편도 싫고 저쪽 편도 싫거나, 이쪽 편에 끼기도 부담스럽고 저쪽 편에 서기도 눈치 보이는 사람들의 변명이다. 다시 말하지만, 편이 없는 사람은 없고 중도라는 것의 실체 또한 없다.

형편에 따라 갈리는 게 편이다. 그렇다고 처지나 형편이 편을 가르는 기준은 아니다. 노동자만 해도 그렇다. 똑같은 형편의 노동자여도, 태극기 집회에 참가하는 편도 있고 촛불 집회에 참여하는 편도 있다. 반대의 경우도 마찬가지다. 사업체를 경영하는 사람이라고 해서 모두가 태극기 집회에 가지 않는다. 밤새워 촛불을 밝히는 사업체 대표들도 있다.

결국 편이 갈리는 것은 형편이기보다 믿음이다. 자신의 행동과 선택에 대한 믿음이 편을 가른다. 옳고 그름, 전쟁과 평화, 사적 가치와 공공의 가치 등에 대한 선택과 믿음이 편을 나누는 기준이다. 다만 그 기준에도 우선순위가 있음을 잊지 말자. 같이 촛불을 들었다고 해서 지향하는 가치의 우선순위까지 모두 똑같을 순 없다.

평등과 정의와 평화와 생명의 가치를 함께 지향하지만, 누군가는 평등을, 누군가는 정의를, 누군가는 평화를, 누군가는 생명을, 가장 우선순위에 둘 수 있다. 우선순위에 둔 가치가 다르다고 다시 편을 갈라 싸우진 말자. 편便은 강물과 같아서, 나뉠수록 요란하고 합칠수록 고요하다. 잘 알지 않는가. 바다에 이르는 강물은 지극히 고요하다는 것을.

꽃

죽어야 피는 꽃이 있다. 수직으로 아찔한 벼랑 끝에 처절하게 부서지는 꽃이 있다. 부서지고 죽어야 피는 그 꽃은 일터에 핀다. 밤낮으로 택배 상자를 들고 계단을 오르내릴 때, 굴착기에 무너진 흙더미가 머리 위로 쏟아질 때, 십층 높이에서 일하던 인부가 발을 헛디딜 때, 피처럼 붉은 땀이 죽음꽃으로 피어난다. 추락하는 꽃들에게는 날개가 없다.

스스로 몸을 불살라 세상을 밝힌 이들이 있다. 틱꽝득과 전태일이 그렇다. 베트남 승려 틱꽝득은 1963년 소신燒身하였고, 평화시장 재단사 전태일은 1970년 분신焚身했다. 승려 틱꽝득의 죽음은 부패한 응오딘지엠Ngô Đình Diệm 정권을 몰락시키는 도화선이 되었고, 청년 전태일의 죽음은 사람답게 사는 세상을 향한 발화점이 되었다.

그것이 역사에 기록된 두 사람의 죽음이다. 하지만 우리가 기리고 계승해야 할 것은 기록된 죽음 너머에 있다. 그들은 스스로 목숨을 불태워 더 많은 이들의 희망을 살리려고 했다. 그러기 위해 기꺼이 목숨을 던졌다. 헐벗고 굶주리고 추위에 떠는 사람들의 옷과 밥과 집을 위해 제 한 몸을 불살랐다. 자신의 목숨을 그들의 희망과 바꿨다.

우리가 기리고 계승해야 할 정신이 바로 그것이다. 서럽고 고달픈 사람들에게로 향하는 조건 없는 사랑과 연민이다. 스물두 살, 청년 전태일은 이렇게 외치며 삶을 마감했다. "우리는 기계가 아니다." 50년이 지난 지금은 어떠한가. 우리는 더 이상 기계가 아닌가. 안타깝게도 전태일의 외침은 여전히 유효하다. 우리 사회에서는 사람 목숨값이 기계 수리비보다 헐값이다.

전태일 50주기라서 그랬을까. 말 잘하는 국회의원들이 TV 대담프로에 출연한 걸 보았다. 진행자는 전태일 3법에 대한 여와 야의 입장을 물었다. 여와 야는 손짓 발짓까지 동원하여 전태일의 이름 팔기에 급급했다. 이름 팔기는 '중대재해기업처벌법'에 이르러 절정에 이르렀다. 번질거리는 말들 속에 정작 살아 있어야 할 전태일 정신은 죽고 없었다.

입으로는 싸웠지만 여와 야는 한편이었다. '중대재해기업처벌법' 적용대상과 범위와 손해배상을 놓고 노동 약자의 설움을 외면했다. 나는 말 잘하는 의원들의 말잔치를 들으며 딴생각을 했다. '걸레 조각처럼 누더기가 되더라도, 법안이 통과되면 좋은 걸까?' 말 잘하는 여야 국회의원이 전태일의 이름을 들먹거리는 순간에도, 어느 일터에서는 죽음꽃이 피어나고 있었다.

정부 통계자료에 의하면, 작년 한 해 2,020명의 노동자가 산업재해로 죽었다. 올 상반기만 해도 벌써 1,101명의 노동자가 죽었다. 하루에 여섯 명꼴로, 깔려서 죽고 떨어져 죽고 병들어 죽었다. 오늘은 또 어떤 일을 하던 노동자가 꽃이 되었을까. 전태일 50주기인 지금, 대한민국은 천지가 죽음꽃이다. 잊지 말자. 추락하는 꽃들에게는 날개가 없다.

별

별은 헛것이다. 헛것인 별의
그리움은 아득함에 있다. 보이지만, 다다를 수 없는 아득함이 그
리움을 자극한다. 그런 이유로 별을 가슴에 품는 것은 헛짓이다.
다다를 수 없는 헛짓은 다다를 수 없는 헛것의 영역에 그냥 두는
게 좋다. 헛것의 별이 하늘에서 떨어져 땅에 박힐 때, 사람은 죽
고 역사는 병들었다. 오일륙이 그랬고 십이십이가 그랬다.

땅에 박힌 별은 군대를 통솔한다. 살상무기로 무장한 별은
흐린 밤에도 지워지지 않고 빛을 발사한다. 권력을 노리는 자들
의 계급장에 박혀 반란을 모의하고 역모를 지휘한다. 휴전선에
있어야 할 탱크부대가 수도를 점령하고, 적군을 겨눠야 할 자동
소총이 국민의 이마를 정조준한다. 오일륙 때도 그랬고 오일팔
때도 그랬다.

성공한 쿠데타는 처벌받지 않는다. 아니, 처벌할 힘이 사법부에 없다. 처벌할 수도, 처벌할 힘도 없어서, 죽임을 당한 자들의 기록은 왜곡되고 만다. 파묻힌 곳 어디에도 죽임의 흔적은 감춰지고 없다. 반란에 성공한 별들은 어깨에 붙은 계급장을 제 손으로 뜯어내고 청와대를 향해 진군한다. 삼공화국이 그렇게 열렸고 오공화국 또한 그랬다.

별이 땅을 지배하던 시대는 끝났다. 마감한 역사는 요원하지만, 역사의 주역들에 대한 평가는 분분하다. 사건의 진상을 밝히려는 위원회가 설립되는가 하면, 진실을 덮으려는 집회가 광장을 점거한다. 들추려는 자와 감추려는 자 사이의 공방은 가상공간에서도 뜨겁다. 논박이 계속되면서 존경의 대상조차 빛을 잃고 말았다. 태극기가 그렇고 어버이 또한 그렇다.

밤하늘의 별은 무성하지만 가슴에 품을 별은 찾기 힘들다. 별은 지고 별別들만 뜨는 세상이 왔다. 하늘에 뜨지 못하고 땅을 굴러야 살 수 있는 별別들은 밤낮 가리지 않고 깜박여야 한다. 별의별 작업장에서, 별의별 노동을 하며, 별의별 차별을 견디며 산다. 갑甲이 될 수 없는 을乙들의 형편이 그렇고, 금수저로 태어나지 못한 흙수저들의 처지 또한 그렇다.

별別은 가름이고 별것은 갈라진 산물이다. 강자에게 짓밟힌 약자이고, 특권에게 소외된 일반이고, 다수에게 거절당한 소수이고, 자본에게 외면당한 노동이고, 평등에서 배제된 여성이고, 반칙에게 농락당한 공정이고, 정규에 속하지 못한 일체의 비정규이다. 별것으로 구분되고 나눠진 순간 별것들의 오늘에는 희망이 없다. 학대받는 노인이 그렇고 신발 깔창으로 생리대를 대신하는 소녀가장 또한 그렇다.

별別에 의해 갈라진 세상은 10대 90의 법칙이 지배한다. 우리 사회 또한 예외일 수 없다. 상위 10%가 소유한 자산은 전체의 42%이고 보유한 토지는 97%이다. 지난 50년간 그들이 부동산으로 벌어들인 불로소득은 5,546조 원에 이른다. 아무리 일해도 돈은 90%의 주머니에 모이지 않고 10%의 금고에 가서 쌓인다. 기울어진 세상에서 공평한 기회가 설 땅은 어디에도 없다.

별은 하늘에 있고 별別은 땅에 있다. 희망조차 상실한 별別의 세상에서, 별것들이 꿈꿀 수 있는 유일한 것은 행복이다. 돈이나 땅은 물려줄 수 있지만 행복은 대물림할 수 없다. 재벌이 투신을 하고, 고위관료가 목을 매는 세상이다. 물려받은 재산 때문에 서로를 물어뜯는 자식들의 모습은 불행에 가깝다. 마약이나 갑질로 손가락질당하는 졸부들의 꼴은 또 어떠한가.

꿈을 좇는 눈이 하늘에 머묾도 그래서다. 동화 속 어린왕자도 별에 살았다. 별別은 별을 꿈꿀 기회조차 상실한 자들의 자화 상이다. 도리질해도 지워지지 않는 거울 속 모습이다. 아무리 찾아도 거울 속에는 별이 없어서, 거울에 갇힌 자들의 하루는 별볼 일 없다. 그럼에도 고개를 들어 별을 바라보는 것은, 별것들의 가정에도 깃들 수 있는 행복 때문이다.

직업에는 귀함과 천함이 따로 없다고 했다. 거짓말이다. 가난은 부끄러운 것이 아니라 불편할 뿐이라는 말도, 열심히 공부하면 누구나 성공할 수 있다는 말도 마찬가지다. 노동을 이윤 창출의 수단으로 치부하는 사람들이 눈가림용으로 만들어낸 헛된 꿈이다. 그 헛된 꿈에 취해, 저임금과 장시간 노동을 참아내게 하려는 마약 성분의 처방전일 뿐이다. 돈이 주인인 세상에서 가난은 죄악이다. 아무리 공부를 해도 가난한 자의 눈에는 답이 보이지 않는다. 개천에서 용 난다는 말역시 헛소리다. 용은 개천에서 나오지 않고 강남에서 나온다. 노동자가 평생 벌어도 모을 수 없는 돈을 강남에서는 집 한 채 사고팔면 뚝딱 벌어들인다. 성공의 조건은 노력努力에 있지 않고 재력財力에 있다. 당연히 인격보다 돈이 대접받는다.

2010년, 거액의 회삿돈을 빼돌린 그룹 총수가 254억 원의 벌금형을 선고받았다. 그룹 총수는 벌금 낼 돈이 없다고 배를 내밀었고, 판사는 벌금 대신 일당 5억 원짜리 노역을 허락했다. 벌을 받기는커녕, 그룹 총수는 하루에 5억 원씩 벌금을 털어내는 수단으로 교도소를 이용했다. 황제노역이라는 말이 나오게 된 문제의 사건과 판결이었다. 돈이 서고 사람이 추락하는 세상에서, 옷은 더 이상 알몸을 가리기 위한 수단이 아니다. 우리 사회에서 옷은 그 사람의 사회적 지위와 계급을 의미한다. 판검사의 법복과 의사의 진료복과 땅 부자가 빼입은 정장은 사회적 지위가 높다. 대접받지 못하는 지위의 옷은 청소부와 경비원과 배달부가 입는다. 논과 밭, 바다와 광산, 도시와 공장에서 일하는 노동자들의 작업복도 마찬가지다.

어떤 옷을 입고 일하는가에 따라 법이 적용되는 범위도 다르다. 앞에서 언급한 그룹 총수와 가족들의 옷만 봐도 쉽게 알 수 있다. 2010년 당시, 그의 여동생은 법무부교정협의회 중앙회장이었고 남동생은 전현직 판사들의 골프모임인 '법구회' 총무였다. 매제는 서울동부지청장 출신의 검사였으며 사위는 광주지방법원 판사였다. 그러니 가능한 것이다. 그런 옷을 걸친 자들이라야 일당 5억 원짜리 황제노역을 이끌어낼 수 있다. 무색하게도, 2021년 노동자들에게 책정된 최저임금은 시급 8,720원이다. 여덟 시간을 기준으로 69,760원의 일당이 주어진다. 황제노역으로 그룹 총수가 하루에 털어낸 일당 5억 원을 벌려면 도대체 몇 년을 모아야 할까. 모은다고 기를 쓴들 모여지기나 할까.

힘들고 각박한 세상이다. 불평등의 격차는 날로 심해지는데 혐오와 차별까지 곳곳에서 창궐한다. 멸시와 천대를 견디지 못한 이웃들이 스스로 목숨을 끊는다. 하루에 37.5명이 자살하고, 한해 2,500명이 고독사孤獨死한다. 살려고 기를 써도 죽기는 마찬가지다. 재작년 한 해 2,020명의 노동자가 일터에서 죽었다. 하루에 6명꼴로, 떨어져 죽거나 깔려 죽거나 병들어 죽었다. 코로나까지 겹쳐서 온 나라가 뒤숭숭하다. 학교와 직장과 상점들이 쉽사리 문을 열지 못한다. 일자리는 줄고 일로부터 격리된 사람들의 속은 까맣게 탄다. 그러거나 말거나 속절없이 쏟아진 장마로 터전을 잃어버린 이웃들도 많다. 이럴 때일수록 지혜를 하나로 모아야 한다. 취약계층의 이웃들은 하루하루가 고통이다. 희망을 주지는 못할망정 절망을 주는 행동은 삼가야 한다. 재산 상위 1%가 되는 게 꿈이라고 떠벌이는 어느 정치인의 철없는 행동거지도 마찬가지다.

인간이 만든 옷 가운데 가장 고결한 것은 땀 흘려 일하는 일꾼들의 옷이라 믿는다. 지금처럼 그 옷에 깃든 땀과 헌신의 가치가 소중할 때가 또 있을까. 생활고에 지친 일꾼이 수의^{囚衣}를 택하지 않도록 관심을 기울이고, 세상살이에 지친 일꾼이 수의^{壽衣}를 입지 않도록 함께 나누고 보살펴야 한다. 지금은 하늘에 대고 하는 기도보다 그늘진 구석을 향한 관심과 나눔이 절실하다.

쉿

바람은 머물지 않았다. 머물지 않음으로 머무는 것들을 흔들었다. 형체가 없는 바람은 흔들리는 것들 속에서 비로소 존재를 드러냈다. 밤나무 이파리 사이를 바람이 지날 때, 가지는 바람을 좇아 뛰어가는 이파리를 붙들며 허리가 휘었다. 붙잡힌 가지 끝에서 밤나무 이파리들은 속살을 드러내며 나부꼈다.

바람을 따라가지 못하고 남겨진 이파리들의 나부낌 속에서 소문이 생겨났다. 소문은 바람이 떠나온 세상의 것이기도 하였고, 바람이 떠나갈 세상의 것이기도 하였다. 은밀하면서도 급작스러운 소문이 이파리를 따라 숲에 나부꼈다. 바람은 떠났어도 소문은 떠나지 않았다. 소문은 시간마다 달랐다. 찍어내는 신문마다 달랐고 쏟아내는 방송마다 달랐다.

말한 자와 들은 자가 달랐고, 들은 자에게 전해 들은 자가 달랐다. 소문이라며 말한 입과 소문이라고 들은 귀가 달랐다. '맞다'고 하는 것이 소문이기도 하였고, '틀렸다'고 하는 것이 소문이 되기도 하였다. 소문은 대문을 열고 들어갈 때와 방문을 열고 들어갈 때가 달랐고, 들어간 소문이 창문으로 도망쳐 나올 때 달랐다.

도망치는 소문은 꼬리만 있고 머리가 없었다. 꼬리만 남긴 소문은 쓰러지기 바빴다. 쓰러진 자들의 소문은 무성했으나 쓰러트린 자에 대한 소문은 보이지 않았다. 감춰진 소문은 총에 맞아 쓰러지거나 바닷속 깊이 침몰하였다. 그래도 소문은 죽지 않았다. 아니 죽이지 못했다. 죽이지 못한 소문의 정체가 바람에 나부꼈다. 바람은 떠났어도 소문은 떠날 수 없었다.

떠나간 것은 떠나간 것이어서 간절할까. 간절함의 씨앗은 떠남에서 자유로울 수 없는 것들의 발밑에서 싹튼다. 싹튼 것들이 죄다 안쓰러움도 어쩌면 그래서일지 모른다. 안쓰러운 역사가 기록되지 못하고 소문처럼 흩어질 때, 바람 속에서 귀신들의 흐느낌만 아득하다. 이런 날이면, 죽어서도 세상을 떠나지 못하는 소문 속 그 사람들이 그립다. 그리움에 시 하나 남긴다.

섬

남쪽바다
독일마을에 독일은 없다
오이도역에 오이도가 없는 것처럼
사람들은 소문을 사고팔며
숨결처럼 흔들리는 파도 너머
바람 부는 곳을 가리킨다
그곳에 우두커니
그대가 있다

남쪽바다를 닮은 쪽빛 그대

_ 고향갑

쫌

딱따구리가 나무를 쫀다. 밤나무 숲 어디쯤이다. 수십 번의 두드림이 간헐적으로 이어진다. 그리곤 멈춘다. 두드림 끝에 딱따구리는 원하는 결과물을 얻었을까. 문득 사람의 일도 딱따구리의 그것과 닮았다는 생각이 든다. 끝도 없이 두드리는 머릿속에서 얻으려는 것은 무얼까. 그렇게 쉼 없이 두드리다 보면 채워지긴 하는 걸까.

지향하는 삶의 방식에 따라 나눔이 불가능한 사람이 있다. 정치하는 사람이 그렇다. 정치라는 룰에는 나눔이 없다. 승자와 패자만 있을 뿐이니, 나눌 여유가 어디 있으며 나눌 마음이 어디 있겠는가. 헐뜯고, 미워하고, 비난하고, 손가락질하고, 야유하고, 조롱한다. 그래서일까, 정치를 오래 한 사람의 얼굴은 변한다. 그런 사실을 그들은 알까.

간혹 입바른 소리를 하는 정치인도 있다. 온라인 공간도 예외는 아니다. 하지만 드물다. 대부분은 듣고 싶은 말만 듣고, 하고 싶은 말만 한다. 국민을 위해? 국민과 함께? 안타깝게도 그들의 말에는 국민이 없고 국민 위에 우뚝 서고픈 욕심만 가득하다. 그런 말, 말, 말들이 온라인 공간에도 넘쳐난다. 넘치는 꼴이 변기에 역류하는 그것 같다.

정치를 하고 있거나, 정치를 하고자 하는 사람이 있다면 당부하고 싶다. 페이스북이든 어디든, 제발 행사장 사진 좀 올리지 말기를. 신문기사 오려다가 도배하지 말기를. 아홉 시 뉴스 편집해서 우려먹지 말기를. 국민들을 뉴스도 안 보는 까막눈으로 오해하지 말기를. 그렇게 하는 도배질에 박수를 보낼 거라 착각하지 말기를.

그것은, 정치를 떠나 세상살이의 기본예절이기도 한 것이니. 카카오톡이든 문자메시지이든, 툭하면 단체 문자 보내지 말기를. 모두에게 보내는 말에는 누구도 감동하지 않는다는 걸 기억하기를. 남이 하니까 나도 하는 것은 정치가 아니라 흉내란 걸 명심하기를. 흉내는 세 살 먹은 아이들이나 하는 것이니, 어른이라면 흉내 그만 내고 정치하기를.

그럼에도 정치를 외면할 수 없음은, 정치를 바꿀 수 있는 유일한 방법 또한 정치라는 걸 국민 모두가 잘 알고 있기 때문이다. 그래서 하는 소리다. 행사장 높은 곳에 앉아 사진 그만 찍고, 세상 밑바닥으로 내려가 그곳에 살고 있는 사람들의 아픔을 들으시라. 그 아픔을 치유할 수 있는 대안을 마련하고, 비로소 그 사람들과 함께 활짝 웃는 사진을 찍으시라.

그것이 정치하는 사람의 밥값이니.
이제부터라도 제발,
쫌!

별

바람 건듯 부는 날이면, 창문을 열고 빨래를 넌다. 빨래는 사내에게 그랬던 것처럼 바람에게 몸을 맡긴다. 몸을 맡긴 빨래는 팔다리를 비틀며 줄줄 운다. 우는 빨래를 바람이 달랜다. 산에서 달려온 바람의 숨결은 늘 가쁘다. 가쁜 숨결에는 이름 모를 풀잎 냄새로 가득하다. 풀잎 냄새가 빨래에 스며든다. 그날도 그랬었다. 사내가 그녀를 처음 끌어안았을 때, 그녀의 머리카락에서 풀잎 냄새가 났다. 스며든 풀잎 냄새로 사내의 가슴은 파랗게 멍이 들었다.

바람이 분다. 그녀를 닮은 아이가 꿈속에서 슬쩍 웃는다.

바람 부는 날 새벽이면, 덜컹이는 창가에 앉아 답장을 쓴다.

파란 달빛이 편지지 위에서 잘게 부서진다. 부서지는 달빛은 파란 죄수복을 입은 사내의 뒷모습 같다. 저는 잘 있어요. 첫 문장을 쓰고 나면, 그녀의 어금니 사이로 울음이 기어 나온다. 오늘은 월급을 받았어요. 다음 문장을 쓰기도 전에 그녀는 창틀에 얼굴을 묻는다. 그날도 그랬었다. 실형이 떨어지고 포승줄에 묶인 사내가 그녀의 곁을 스쳐 갈 때, 파란 달빛만 사내의 어깨너머로 아득했다.

바람이 분다. 사내를 닮은 아이가 가족사진 속에서 웃고 있다.

볕이 좋은 날이면, 사내는 서신 신청을 하고 엽서를 쓴다. 갇힌 자들의 궁금증은 늘 갇히지 않은 자들의 영역을 서성이거나, 서신검열에 걸려 새까맣게 지워져 버린 편지내용에 쏠린다. 울먹이던 그녀가 접견실에서 끝내 하지 못한 말은 무엇일까. 어떤 내용을 편지에 적었기에 서신검열에서 지워버렸을까. 갑갑증은 하늘을 덮지만 관재엽서는 손바닥만큼 작아서, 무엇을 어떻게 물어야 할지 사내는 계산이 서지 않는다.

바람이 분다. 사내는 겨울내복과 털양말을 영치해달라고 엽서에 쓴다.

볕이 좋은 날이면, 그녀는 창가에 건조대를 펴고 빨래를 넌
다. 건조대에는, 외로움에 찌든 아이의 옷가지가 달빛처럼 파랗
게 매달린다. 밤새워 보일러를 틀어도 외로움은 쉬 마르지 않는
다. 식당에서 일하는 그녀는 남은 반찬을 도시락에 담아 집으로
가져온다. 총각김치와 시금치무침은 사내의 어미가 좋아하는 반
찬이다. 내일은 요양병원에 입원한 사내의 어미를 면회하는 날
이다. 치매에 걸린 사내의 어미는 그녀를 기억하지 못한다.

바람이 분다. 그녀는 사내의 어미가 좋아하는 것들을 반찬통
에 옮겨 담는다.

참 慘

백기완 선생의 부고訃告를 접하며

스산한 바람에 새벽비 뿌리더니 새가 떨어졌다. 장산곶에서 날아오른 매가 지친 날개를 접었다. 밖에서는 수리와 겨루고 안에서는 구렁이와 싸우던 장산곶 매가 날갯짓을 멈췄다. 황망한 소식을 받아들이기가 힘들었다. 황망함을 아들에게 전했지만, 내 아들은 백기완 선생을 몰랐다. 선생을 모르는 대학생 아들과 밥상을 마주하기 힘들었다. 숟가락을 내려놓고 돌아설 때, 비로소 선생의 부고訃告를 절감했다. 아, 선생이 가셨구나. 가셔도 벌써 가시고 이 세상에 없었구나.

아들아, 고백하건대 아비는 백기완 선생을 오래도록 흠모했다. 너에게 조언했던 여러 말들 또한 선생의 책과 말과 행동에서 비롯된 것이었다. 아비가 선생을 처음 안 것도 너처럼 대학시절이었다. 국어순화론자인 선생의 우리말 사랑 덕에 '새내기'가 되어서 '동아리' 활동도 하였다. 학우들과 함께 어깨 걸고 불렀던 〈님을 위한 행진곡〉도 선생이 쓴 시 「묏비나리」가 모태였다. 그런 이유로 당연히 너도 선생을 알고 있을 거라 착각했다. 네가 살아내고 있는 스무살과 아비가 살아냈던 스무살이 다르다는 걸 까맣게 잊고 있었다.

아비들의 세대가 군부독재와 맞서 싸울 때, 너희들의 세대는 스펙과 취업의 벽에 맞서 싸운다는 걸 잠시 잊었다. 아비들의 세대가 민주주의를 부르짖을 때, 너희들의 세대는 '영끌빚끌'의 유혹을 견디며 암울한 현실과 싸운다는 걸 잠시 잊었다. 아들아, 못난 아비의 잘못이다. 김구 같은 인물은 더 이상 없다고, 현실 정치에는 희망이 없다고 네가 말했을 때, 권력과 타협하지 않고 오로지 한길을 걸어온 사람이 있노라고 말했어야 옳았다. 그 사람이 백기완 선생이라고, 선생이 남긴 책 한 권쯤 손에 쥐여줬어야 마땅했다.

아들아, 백기완 선생은 이 땅의 아픈 역사다. 조부 백태주는 독립군에 군자금을 대다 일제에 체포되어 고문 끝에 옥사했다. 백범 김구 선생 또한 일제의 추적을 피해 조부의 집으로 피신했다. 그런 인연으로 백기완 선생은 일찍부터 백범을 따랐다. 유신체제와 군사정권 시절에는 독재에 맞서다 여러 차례 투옥되었다. 그때마다 고문을 당했는데, 권총 개머리판에 뒤통수를 맞거나 천장에 거꾸로 매달려 두들겨 맞았다. 잡혀갈 때 82kg였던 몸무게가 나올 땐 38kg에 불과했다.

그렇게 일궈낸 민주주의다. 하지만 선생은 민주화운동의 경력을 계급장으로 여기지 않았다. 제도권 정치판에 합세하기 위해 야합하지 않았고, 권력과 결탁하여 자리를 탐내지 않았다. 선생이 서고자 한 자리는 늘 약한 사람들의 곁이었다. 용산 참사의 현장이었고, 김진숙에게로 향하는 희망버스였고, 세월호의 진실을 건져 올리기 위한 농성장이었고, 촛불로 불타오르던 광화문 광장 한복판이었다. 그런 선생이 생을 마감했다.

아들아, 우리는 시대의 양심 하나를 오늘 잃었다. 서럽고 힘없는 자들을 대신해 하늘에 대고 울어줄 장산곶 매를 잃었다. 어둡고 설운 땅에 사는 자들이 기댈 어깨 하나를 잃었다. 영영 잃어버려서, 빈자리를 지켜야 할 자들의 슬픔은 절로 기가 막힐 것이다. 아들아, 이번만큼은 아비와 함께 선생의 빈소를 찾아 설움을 함께 나누자. 빈소 가득 흘러넘칠 설움 속에서 어떻게 사는게 사람다운 것인지 생각해 보자. 학점과 상관없이, 기말고사에도 나오지 않을 문제를, 아비와 함께 풀어보자. 빈소는 서울대병원 장례식장이고, 발인은 19일 오전 7시다.